Die drei liebreichen Schwestern und der glückliche Färber

Ludwig Achim von Arnim

Ein Sittengemälde

Es war ein schöner, aber heißer Tag. Die Gesellschaft hatte sich, müde vom Steigen und Laufen, bei einem guten Mahle im Tempel des Niederwalds gesammelt; die allgemeine Stimmung begehrte heitre behagliche Erzählungen: so trat nach dem ersten traurigen Zwillingspaare, dieses letzte heitre Zwillingspaar, die liebreichen Schwestern und die Genueserin erzählend auf. Möge gleiche frohe Stimmung diesen beiden Erzählungen überall entgegenkommen.

Wenn wir vereint zum Tempel wieder steigen

Wer scheidet dann, was *jedem* lieb am Rhein,

. . . .

Denn mir gilt nichts, was mir allein gewesen.

Wintergarten S. 2.

»Nicht wahr Lenchen, nun bist du doch nicht mehr bange, daß du mit mir aufs Dorf gegangen, wie jedes andre Mädchen mit seinem Schatze alle Sonntage tut, besonders aber heute, wo ein so schöner Pfingsttag am Himmel steht?« »Wer hat Ihm gesagt, daß Er mein Schatz ist«, antwortete das schöne Lenchen ganz trocken dem Lehrburschen Fritz Golno, »ich habe einen ganz andern Schatz, und der liegt mir immer in Gedanken.« »Lenchen, das ist nicht wahr«, antwortete Fritz, und lachte, nahm den Bierkrug und trank: »Aufs Wohlsein deines Schatzes!« Lenchen trank mit, wischte sich den Mund und sagte: »Ich habe doch noch einen andern Schatz, und damit Er es glaubt, seh Er einmal in mein Arbeitskörbchen!« »Mädchen, liebe Lene«, schrie der Fritz, als er einen Blick in das Körbchen geworfen, »ich bitte dich, liebe Lene, du hast doch nicht gestohlen? Gib's Geld her, ich will's heimlich wieder hinlegen, wenn du's dem Meister, oder woher du es genommen hast. Ach Lene, wie hast du mich lieben können und dich vom Satan blenden lassen? sieh nur, die Vögel in der Linde ängstigen mich, daß sie es wieder sagen, und ich meine, das Gras hat Ohren.« »Sei Er ruhig Golno«, sagte Lene und klapperte mit dem Gelde, »rede Er nicht so dumm vom Stehlen, wofür sieht Er mich an? Was ich habe, das ist mein, das hat mir meine himmlische

Mutter geschenkt, und dafür soll Er Geselle und Meister werden, und sich einrichten; ich brauch's nicht, da hat Er's, und sei Er sparsam damit, und kein Narr mit einem roten Kamisol, wozu Er neulich so große Lust hatte; seine Kleider machen ihn vor meinen Augen nicht schöner.« »Lenchen«, sagte er, »du weißt, ich traue dir sonst in allem, was du sagst, du hast noch niemand am Narrenseil geführt, aber ich nehme keinen Heller an, bis du mir erzählt hast, wie du zu dem Schatze gekommen bist, es sind lauter schöne feine Münzen, wie wir sie hier nicht kennen!« »Es sind Harzgulden«, antwortete das Mädchen. »Du weißt, ich bin vom Harze, aus Harzgerode, da gelten sie; die Goldschmiede nehmen sie überall, denn es ist das feinste Silber. Nun sieh nur, die alle fielen von dem Sterne herunter in mein Hemdchen, als die himmlische Mutter mich in meiner Not anlächelte.« »Lene«, sagte Golno und schüttelte mit dem schlichtgehaarten Kopfe, »du träumst doch sonst nicht so viel, und magst um dein Leben nicht lügen, sprich doch, wer ist denn die himmlische Mutter?« »Ja Fritz, darum wollte ich dich fragen, ich weiß nicht, wer das ist; als ich eingesegnet wurde, fragte ich hier den Stadtprediger darnach, der wurde aber recht böse und befahl mir dergleichen papistischen alten Sauerteig, den ich noch aus meiner Heimat mitgebracht, wegzuwerfen. Da konnte ich ihm gar nichts sagen; er sah gar grimmig aus und, was mir geschehen, war mir so lieb und so fromm.« »Es ist doch sonst ein milder Mann«, meinte Golno.

»Ich habe Ihm wohl noch nicht gesagt, Golno«, fuhr Lene fort, »daß ich nichts von meinen Eltern weiß; ich bin ein Findelkind, das beim Durchzuge abgedankter Soldaten in Harzgerode gefunden wurde. Die Frau Hillen am Markt, in dem Goldnen Schlüssel, hat mich aus Barmherzigkeit aufgezogen, was ihr Gott vergelten wird in seinem Himmelreich; ich kann es nicht, denn sie ist tot. Ich lebte bei ihr, wie ihr eignes Kind, und wäre sie nicht in einer Nacht, es war am Tage vor Ostern, am Schlagflusse zu meiner großen Betrübnis verschieden, leider ohne das Nachtmahl des Herren empfangen zu können, so hätte sie auch wohl für mein gutes Auskommen durch ein Testament gesorgt: denn so sagte sie immer, daß ihr Bruder sich gar nichts um sie bekümmere und daß sie ihm auch nichts vermachen wollte. Der Bruder, er hieß Born und war durch den Bergbau reich geworden, kam nun doch in den Besitz des ganzen Vermögens, zog in die Stadt mit seinen drei Töchtern und sah mich gleich verdrießlich an. Doch duldete er mich im Hause, nur mußte ich seinen Kindern, die in einem Alter mit mir waren, aufwarten. Wollten die Kinder etwas getan haben, da war ich Magd, wollten sie spielen, da war ich ihres Gleichen, und um des letzten willen, vergaß ich das erste. Nun kamen an einem Pfingstsonntage, es war so schön Wetter, wie am heutigen, viele Kinder zu uns, und wir gingen wohl mit dreißig andern auf eine grüne Wiese. Da gab die älteste von Borns Töchtern, das Lieschen, ein Spiel an, daß wir nach dem ABC zu einem Tanz gestellt wurden, und dazu mußte jedes seinen väterlichen Namen angeben. Als nun an mich die Reihe kam, daß ich meinen väterlichen Namen sagen sollte, da wußte ich keinen; und sie sahen mich darauf so scharf an, und ich wurde feuerrot und wußte nicht warum, und endlich mußte ich anfangen zu weinen; worauf sie sagten, ich sei ein Jungfernkind, und ich dürfe nicht mit ehrlichen Kindern spielen. Ich wüßte gar nicht, was das heiße, es tat mir aber in der Seele weh, daß ich so allein wäre, ohne Vater, da doch alle andre einen Vater zu nennen wußten, und daß mir die gute Frau Hillen auch abgestorben. Ich drehte mich um, hielt mein Tuch vor die Augen, und ging in rechtem Grame, ohne auf den Weg zu sehen, in den Wald, wo ich das Rufen und das Gelächter der Kinder noch widerschallen hörte.«

»Das war böse Brut«, unterbrach sie der Färber, und ballte seine schwarze Faust. »Aber Lenchen, halt die Geschichte geheim, ich könnte dich sonst nicht heiraten, wenn ich Meister werde; die Gewerke sind hier sehr strenge und würden mich aus der Gilde ausstoßen, wenn ich wenn ich nun wie du gesagt hast, ein Kind ohne Vater heiratete.«

»Deswegen habe Er keine Not«, sagte Lene, »ich bin seitdem schon klüger geworden, und habe mir den Namen der Frau Hille angenommen, die mir soviel Gutes getan, und auf den bin ich eingesegnet; nur fürchte ich mich immer vor unserm ersten Gesellen, dem Wigand, der ist auch vom Harze und kann mich nicht leiden, weil ich ihn abgewiesen habe.« »Ja, es ist ein starker Kerl«, sagte Golno, »aber laß ihn nur immerhin ankommen.« »Wenn er nur nicht ewig von Schlägereien spräche«, unterbrach ihn Lene; »wer das Schwert zieht, soll durch das Schwert umkommen. Wo blieb ich doch stehen? Ja, im dunklen Wald, da ging ich in meiner Verzweiflung, und sah wenig auf den Weg, und hörte auch nicht auf die Vögel und auf das Gewild, sondern jammerte nur immer, daß ich keinen Vater, wie andre Kinder hätte. So mochte ich wohl eine halbe Stunde gegangen sein, da begegnete mir ein artig Kind, das bettelte mich an, und bat um ein Schürzchen, und alle meine Verzweiflung wurde Mitleid und ich gab ihm meine blau und weißgestreifte Schürze, die mir die gute Frau Hillen zum letzten Christkindchen beschert hatte. Bald kam ein andres Kind und bat um ein Jäckchen, denn ihm friere; ich gab ihm mein braunes Jäckchen, das ich nur alle Sonntage trug. Und dann kam ein drittes kleines Kind, und bat um einen Rock, und ich gab ihm meinen braunen Rock; und endlich kam ein viertes Kind, da war es schon dunkel geworden, und wimmerte und sagte, daß es kein Hemde habe, da zog ich auch mein Hemde aus, und wollte es ihm reichen, als ich vor mir stehen sah, wie es im Dunkel wohl geschieht, daß man jemand in der Nähe erst nach einiger Zeit erblickt, eine schöne Frau, mit einer goldnen Krone auf dem Haupte, die nahm das nackte Kind, das mein Hemde an einer Seiten gefaßt hatte, auf ihren Arm, so daß das Kind das Hemd, woran ich auf der andern Seite noch festhielt, zwischen uns, wie zur Bleiche ausgespannt hielt. Aus Verwunderung ließ ich das Hemde nicht los. Der Mond schien durch die Tannen, und ich sah, daß das Kind ein Kreuz als Wanderstab in der Hand hielt, und ich war so erschrocken von seinem leuchtenden Anblicke, daß ich nichts vorbringen konnte, als die Frage: ›Wer seid ihr denn, habt ihr denn auch keinen Vater?‹ ›Ich bin deine himmlische Mutter‹, antwortete die fürstliche Frau, ›und dieses ist mein himmlischer Sohn!‹ ›So zieh meinem lieben Bruder mein Hemdlein an, ihm friert sicher, ich will ihm dienen als eine treue Magd‹, so sagt ich. ›Und das gibt dir ein heiliger Geist ein‹, sprach sie, ›denn es ist dein Herr, der Sohn Gottes, der dir Glück wird bringen und jedem, den du liebst und der an ihn glaubt. Zum Zeichen nimm diesen Segen des Himmels und bewahre ihn für die rechte Stunde!‹ Bei diesen Worten winkte ihre milde weiße Hand den Sternen, und es fielen silberne Münzen in mein ausgespanntes Hemdchen, die ich sorgsam darin zusammenwickelte, worüber die fürstliche Frau zu lächeln schien. Indem ich die seitwärts auf die Erde fallenden Stücke auflas, war die himmlische Mutter mit dem Kinde leise fortgegangen, gleichsam als wollte sie meinen Dank nicht. Ich blieb aber verwundert, meinen Schatz im Hemdchen eingewickelt, an dem Orte stehen und mochte nicht weichen, ich hoffte, die fürstliche Frau werde wiederkommen. Vielleicht hatte ich eine halbe Stunde so gestanden, da kam ein dunkles Feuer auf mich zugegangen, aber ich fürchtete mich nicht, ungeachtet die wilden Vögel schrecklich schrieen; endlich erkannte ich, was auf mich zukam, es war ein alter eisgrauer Mann mit einem brennenden Kienspan. Als er mich sah, kniete er nieder, weinte, küßte mich, konnte erst nicht zu Worten kommen, dann betete und dankte er der himmlischen Mutter, die ihm eben im Traume erschienen, daß sein einziges liebes Kind, das er drei Tage vorher begraben, wie sie es verheißen, wieder auferstanden sei, und nun bis an sein Lebensende bei ihm wohnen wolle. Ich konnte das nicht verstehen, weil er mich aber Tochter nannte, so nannte ich ihn Vater, und meinte in meinem Herzen, er müsse wohl mein Vater sein, und meine himmlische Mutter habe ihn mir gesendet. Und ich küßte ihn, und er trug mich hundert Schritte fort in seine Hütte, wo er mich bei einem hellen Feuer genauer ansah und mir sagte: ›Käthchen du bist viel schöner geworden im Grabe, da glaube ich wohl, daß am Tage der Auferstehung alle Frommen zu Engeln geworden sind; was bringst du denn mit in deinem Sterbehemdchen?‹ Er besah meinen kleinen Schatz und ich mit ihm, da sprach er: ›Nun das wollen wir gut bewahren, damit du einen Schatz hast, wenn ich sterbe, denn ich werde dir wohl nicht viel mehr zusammensparen; wir wollen das Geld hier unterm Herd eingraben. Zieh dich unterdessen an, oder schlaf, wenn du müde bist.‹ Ich war müde, legte mich in ein kleines ordentliches Kinderbettchen, das unfern dem harten Lager des Alten, das nur aus Stroh und einer rotstreifigen wollnen Decke bestand, bereitet war. Kaum hatte mein Kopf das Kissen berührt, so schwindelte er von Schlaf, und als ich am Morgen aufwachte, konnte ich nicht begreifen, was mit mir vorgegangen sei. Ich fand andre Kleider vor meinem Bette, als die ich zu tragen gewohnt war, sie paßten mir aber vollkommen. Bald kam der Alte, brachte mir Milch und Brot, küßte mich und tat alles mir zu liebe, was er mir an den Augen absehen konnte, so daß ich mit rechter Furcht daran dachte, der hartherzige Born möchte mich auffinden, und mich zu neuem Schimpfe und Dienstbarkeit in sein Haus zurückführen. Er kam aber nicht, ich sah ihn nicht wieder. Der gute Alte, dessen Namen ich nie erfuhr, weil ich fürchtete, er möchte daran merken, daß ich nicht sein Kind sei, und mich verstoßen, sah wenig Leute bei sich. Er war ein Holzschläger und verdiente ein geringes Tagelohn, doch da ich ihm seine Küche und seinen Garten bald besorgen lernte und ein sichtbarer Segen alles mehrte, was ich betrieb, so hatten wir nie Mangel, und er versicherte mir, daß er nie so gut gelebt habe, als seit ich nach meiner Auferstehung sein Hauswesen bestelle, das müsse ich wohl in der Ewigkeit gelernt haben. Er war die Liebe und Güte selbst, und half mir in allen meinen Kinderspielen; doch hörte ich wohl von den Leuten, die uns besuchten, sie hielten ihn für wahnsinnig, auch sprach er freilich manches, was niemand verstand, aber ein Kind spricht auch so vieles, bloß weil es Worte sind, die ihm im Ohre klingen, und darum fand ich ihn so klug, wie mich selbst. Wie bei Frau Hillen, so nahte auch ihm die Todesstunde unerwartet; doch hatte er noch soviel Kraft, sich in ein

Grab zu legen, das er sich lange neben dem Grabhügel seiner Frau in unserm Garten eingegraben und mit Brettern wohl und reinlich ausgefüttert hatte. Als er sich darin ausgestreckt hatte, segnete er mich mit der Hand und bat mich, wenn sein Atem keine Kraft mehr hätte eine Flaumfeder, die ich auf seinen Mund gelegt, zu bewegen, ihn mit Erde zu bedecken, meinen Schatz unter dem Feuerherde hervorzugraben und in die Welt zu gehen, wo ich mit treuem Dienen jetzt schon mein Brot verdienen könne. Dabei sagte er noch, jetzt erst, wo er seine Tochter im Himmel sehe, die ihm entgegen komme, bemerke er, daß ich nicht seine Tochter, sondern ein Engel sei, der ihm zum Troste seiner alten Tage gesendet worden. Dabei wollte er meine Hand küssen, vermochte es aber nicht mehr. Ich küßte seine kalten Lippen, er atmete nicht mehr, dennoch blieb ich ruhen an seinen Lippen, und gewiß wäre ich, wie eine Flaumfeder von seinem Hauch bewegt worden, wenn er seine Seele nicht ausgehaucht hätte. Ich tat drei Tage, wie er befohlen und versuchte mit allen Federn meines Bettes, ob kein beweglicher Hauch mehr aus seinen Lippen strömte. Dann erst beschüttete ich den verehrten Leib, der gar klein sich gemacht hatte, mit Erde, und häufte sie über ihm, zog meine besten Kleider an, nähte meinen Schatz, den ich unter dem Feuerherde, aus hundert Stück Harzgulden bestehend, wiederfand, in meinen Unterrock und ging mit schwerem Herzen auf den Weg nach der Stadt, welchen der Alte mir gezeigt hatte. Weil ich aber den Schimpf wegen meiner Geburt scheute, so bettelte ich lieber, statt mich in Harzgerode jemand kund zu machen. Zufällig hörte ich auf der Gasse, daß dem Born alle seine drei Mädchen an einem bösen Fieber gestorben, das damals in Harzgerode viele Leute niederstreckte. Ich ging als ein armes Kind, das nirgend zu bleiben einen Vorwand fand, rasch weiter; jedermann gab mir gern und so kam ich endlich hier ans Meer, wo die Leute ein ganz andres Deutsch reden, verdingte mich als Magd bei einem Gärtner, und von dem zog ich zu unserm reichen Färber, wo es mir gar schwer und kümmerlich gegangen ist, und wenn Er sich immer gut aufführt, und auf Christus vertraut, so wird es unser beider Glücksstern sein, der uns in den harten Dienst zusammengebracht hat.« »Mir ist die Arbeit so leicht geworden«, sagte Fritz, »weil ich dich immer ansehen konnte, wenn wir die Tücher in der Oder zusammen auswuschen.« »Er ist ein ordentlicher Mensch«, antwortete sie, »dafür habe ich Ihn gleich bei seinem Geschäfte erkannt, Er macht alles ganz und vollständig; es ist nur schade, daß Er so spät in die Lehre gekommen, nun dauert es noch ein paar Jahre, ehe Er Meister werden kann.« »Es tut mir selbst leid«, seufzte Fritz,

»ich wollte, es wäre gleich, und daß ich bloßer Schwarzfärber bin, das tut mir auch leid. Es kommen jetzt so schöne fremde Farben auf, die ich viel lieber färben möchte. Aber unser Meister hat nun einmal seinen Vorteil beim Schwarzfärben und es ist auch eine schwere Kunst, das Zeug in der schwarzen Küpe nicht zu verbrennen. Schwarz ist auch eine würdige Farbe, wird in allen Ehrenämtern getragen, und dann Lenchen, habe ich ja dich, du bist eine Schönfärberin, denn wo ich dich sehe, werde ich vor Freuden scharlachrot im Gesichte: Auf dein Wohlsein Lenchen!« »Steck Er nur das Geld ein«, sagte Lenchen, »da kommen Leute und wenn die es sehen, könnten sie meinen, es sei gestohlnes Gut.« »Du tust ein recht gutes Werk an mir«, sagte Fritz, »aber du sollst auch sehen, daß ich dein Geld zu nichts anderm brauchen will, als wozu du mir es gegeben.« »Das schwör Er mir?« »Das schwör ich dir im Namen unsres Herrn Christus, an den ich glaube!« Lenchen sagte jetzt leise: »Ei sieh, es ist der Wigand mit zehn andern Färbergesellen, es ist gut, daß der dies Geld nicht gesehen, er sieht so aus, als ob er etwas Böses im Schilde führte.«

Der schwarze Wigand, der mit seinen Gesellen tüchtig getrunken hatte, schritt unterdessen singend heran, indem er mit einem Paar voranging und ein bekanntes Handwerksburschenlied ausschrie: »Wer gibt der Braut zu trinken?« Darauf schrien die letzten, indem sie einen Vogelnamen als Reim aufsuchten: »Die Finken, die geben ihr zu trinken!« »Wer hält der Braut die Hände?« Hier schrie ein großer Kerl ganz allein: »Ein Wende, der hält der Braut die Hände!« Indem einer dieses Wort schrie, das damals nicht viel weniger als Henkersknecht bedeutete, weil sowohl dieser, wie jene aus allen Zünften ausgeschlossen waren, so ließ Golno die Hände seiner Braut los, knirschte mit den Zähnen, und sah ärgerlich verlegen vor sich hin. Wigands Eifersucht, die bei dem Anblicke der schönen Lene rege geworden, übersah diesen Eindruck nicht, und die Vermutung, Golno sei wendischer Abkunft, stieg ihm so boshaft heiß in den Kopf, und wie er ihn dadurch von Lenen auf immer entfernen könnte, daß er seinen umgeschlagenen Mantel fallen ließ, auf Golno zutrat, ihn rasch vor die Brust faßte, und indem er ihn gegen den Baum stieß, rasch fragte: »Gesteh Er gleich Bursche, wir wissen es schon: Er ist ein Wende?« Lene hielt sich vor Schrecken beide Augen zu, Golno, der nimmermehr gelogen, sagte ihm leise und sehr ängstlich: »Wigand, sagt es niemand wieder, mein Großvater soll ein Wende gewesen sein, die Leute im Dorfe haben es mir erzählt!« »Und du verfluchter wendischer Hund«, schrie Wigand, »willst unsre Gilde verunreinigen.« »Hu«, schrie Golno, »wenn ich ein Hund bin, so kann ich auch beißen«; sprang vom Sitze, wo ihn der Wigand fest gepackt glaubte, mit der Kraft eines Rasenden auf, schwenkte den starken Wigand über, daß er niederstürzte und hätte ihn wohl in der ersten Hitze erdrosselt, wenn nicht die andern ihn losgerissen und festgehalten hätten. Wigand hatte sich kaum etwas erholt, und sah seinen Feind festgehalten, als er ihn ausbot, sich noch einmal mit ihm zu raufen, er fürchte ihn gar nicht, aber das könne er nicht leugnen, daß er ihm eingestanden, er sei ein Wende. »Das will ich auch nicht abstreiten«, schrie Golno, »wenn ich gleich nichts davon weiß, ich sehe aus wie du und noch besser, meine ich, und der Teufel allein weiß, ob du nicht sein Sohn bist?« Hier fielen die andern Gesellen ein, indem sie ihn packten, er solle stillschweigen, oder sie würden ihn im Haff abkühlen, an dessen Ufern der ganze Streit vorfiel. Lene trat dann unter sie und bat für ihn, und indem sie angeloben mußte, Golno solle nie wieder in Stettin arbeiten, was sie ohne dies Versprechen doch nie wieder gelitten hätten, wußte Lene, die für Golnos Leben besorgt war, Wigand wegzuführen. Als Golno endlich aus der Wut, die ihm das Ende der Welt in der Stunde gezeigt hatte, zurückkehrte, als er sein Elend noch zu überleben meinte, als die Gutmütigsten unter den Gesellen, es waren drei, ihn trösteten, er möchte nur übers Meer gehen nach Dänemark, England oder Holland, da kenne ihn niemand, da sah er in der Ferne sein Lenchen an Wigands Hand gehen und obschon er keine Untreue in ihr ahndete, und er das Wahre erriet, sie suche den schlechten Gesellen für ihn zu gewinnen, so war dieser Anblick ihm doch so bitter, daß er den Boden verfluchte, der ihn erzeugte, weil er diese Mitgabe von Elend und Schimpf von ihm bekommen. Er nahm Sand vom Boden und streute ihn ins Meer und schrie außer sich: »So sollst du Land vergehen!« Die drei Gesellen ließen ihn endlich stehen und er tobte vor sich so fort, bis drei Matrosen mit einigen Körben frischer Lebensmittel, die sie eingekauft, an ihm vorübergingen, sich ausruhten und ihn fragten, ob er ein Narr sei. Golno sagte ihnen, daß er der unglücklichste Mensch auf Gottes Erdboden sei, daß er übers Meer fahren wolle und kein Schiff wisse. Ja, sagte einer, wenn er mit ihrem Kapitän sprechen wolle, der liege in Swinemünde zur Abfahrt nach Holland bereit, sie wollten ihn mit ihrem Boot recht gern umsonst dahin fahren. Das war ein tröstliches Wort. Golno stieg mit ihnen ins Boot; Lene konnte er nicht um Rat fragen. Aus Swinemünde wollte er ihr schreiben und tröstete sich unterweges, indem er sich die Worte zusammendachte, die er ihr schreiben wollte. Das Boot hatte ein Segel, der Wind zog scharf ohne zu stürmen und so kamen sie spät Abends noch an Bord des Hamburger Schiffes, dessen Kapitän, ein rauher aber wohltätiger Mann, nachdem er Golnos Geschichte gehört, ihn umsonst mitzunehmen beschloß, wogegen sich dieser erbot, alle Dienste im Schiffe, zu denen er brauchbar, fleißig zu verrichten, besonders beim Reinigen des Schiffs und beim Kochen. Diesen Dienst mußte er noch denselben Abend antreten. Am andern Morgen, als er mit Mühe aus seiner Hängematte in das untere Verdeck getreten, denn er fühlte jetzt erst einen Schmerz am Kopfe, da, wo ihn Wigand gegen den Baum gestoßen, und die Treppe mühsam hinaufgestiegen, denn das Schiff bewegte sich so eigen, daß ihn schwindelte, da erblickte er rings um sich nichts als Wasser und Himmel, kaum daß noch einige ferne Baumwipfel, wie grüne Wolken das Land bezeichneten, das er am vorhergehenden Tage verflucht hatte, und zu welchem er sich jetzt, weil es seine Lene trug, zurückwünschte. »Ach«, seufzte er leise vor sich, »mein Fluch ist an mir wahr geworden, das Land ist im Meer versunken und mein Lenchen mit dem Lande, und sie weiß nicht mehr von mir, als ich von ihr. Ich fahre wie ein Räuber mit ihrer Liebe und mit ihrem Gelde in die weite Welt, und ich habe nicht bei ihr um Erlaubnis gefragt; aber das beschwöre ich bei meiner treuen Liebe zu ihr, was ich ihr versprochen, das Geld, und wenn ich darüber verhungerte, soll zu nichts anderm gebraucht werden, als wozu sie es mir gegeben, Geselle und dann Meister zu werden, daß ich sie heiraten und trösten kann!« Nicht lange nach diesem feierlichen Gelübde, als er seiner Arbeit nachgehen wollte, übte das Meer sein altes Recht über die Kinder des Landes aus, die treue Warnung, die sie jedem gibt, ehe er sich zu weit in die Ferne fortreißen läßt: er wurde seekrank und konnte ein paar Tage seine Hängematte nicht verlassen. Endlich gewöhnte er sich der schaukelnden Bewegung, suchte unermüdlich dem Kapitän seine freie Überfahrt abzuverdienen, daß ihm dieser, als sie in Amsterdam von einander schieden, noch vierzig Stüber und viel guten Rat auf den Weg schenkte.

Wie war aber unserm Golno zu Mute, als er aus der schwimmenden Stadt der Schiffe, in die von Kanälen durchschnittene, zierlich und reinlich gemalte und beblechte Hauptstadt des Welthandels kam; denn das war Amsterdam im Anfange des vorigen Jahrhunderts noch immer, wenn gleich die Engländer schon als gefährliche Nebenbuhler gelten konnten. Da war so vieles, was ihn verwunderte, von den bunten Türken mit aufgesperrtem roten Rachen, vor den Spezereihandlungen, an, bis zu den großen Anschlagezetteln, worauf allerlei wilde Tiere abgebildet waren, die gegenwärtig in der Stadt zu sehen. Endlich traf er auf einen Zettel, der in drei Sprachen gedruckt auch seine Muttersprache mit ihm redete. Da stand in dem Marktschreiertone, womit sich die ersten Lotterieen zu empfehlen suchten, ganz kurz geschrieben: *»Wer für vierzig Stüber, vierzigtausend Gulden haben will, kaufe sich im Goldnen Schaf Amstelgracht Nr. 7 ein Lotterielos und finde sich heute um zehn Uhr zur öffentlichen Ziehung vor dem Hause ein.«* Es war wohl keinem der Lotterieunternehmer eingefallen, daß sich irgend jemand durch diese Worte täuschen lassen könnte, als ob für vierzig Stüber unmittelbar vierzigtausend Gulden in ein paar Stunden zu verdienen wären, es sollte dieser kurze Ausdruck nur zum Einsätze reizen. Unser ehrlicher Golno nahm aber die Sache gläubig nach dem Buchstaben, dankte Gott, der ihn dahin geführt, wo so große Wohltat ausgeteilt würde, und segnete das Land, das mit seinem Reichtume so viele Arme glücklich machen könnte, und segnete seinen Kapitän, weil der ihm die vierzig Stüber geschenkt hatte, die er jetzt so vorteilhaft anlegen könne, denn seiner Lene Schatz hätte er nicht angegriffen, und wäre ihm auch darüber dieser sicher geglaubte Gewinst verloren gegangen. Nachdem er sein Gebet geschlossen, sah er sich nach dem bezeichneten Hause, wie ein Reisender in der Wüste nach einem Brunnen um, und siehe, dem Anschlagszettel gegenüber glänzte das Goldne Lamm, es gingen viel Leute ein, er folgte ihnen und kam ruhig in die Zahlstube. Dort kaufte er sein Los für seine vierzig Stüber, sah vergnügt aus, wie ein Sieger, und dankte dem Kaufmann so herzlich, daß dieser sich nicht wenig über den sonderbaren Deutschen verwunderte, da er selbst sonst die Gewohnheit hatte, für die Abnahme der Lose zu danken. Wiederum verwunderte sich Golno, warum ein paar Frauen, die auch Lose kauften, so ängstlich unter den übrig gebliebenen zusammengesteckten und ausgestellten Zetteln wählten und aussuchten, als ob es nicht einerlei wäre, worauf man vierzigtausend Gulden ausgezahlt erhielte. Da sie geschwätzig schienen, so befragte er sie also: wer denn alles das Geld für die Armen ausgesetzt habe; sie sahen ihn an und antworteten: »Kan nit verstan!«[1] Diese Worte, welche ihm bloß ihre Unfähigkeit, ihn zu verstehen, ausdrücken sollten, hielt er für den Namen des reichen Gebers dieses ungeheuren Almosens, und segnete ihn in Gedanken, und wiederholte den Namen recht oft vor sich, daß er ihn nicht vergesse. Wie er nun vor der Ziehung noch ein wenig in der Stadt sich umsah, und an das Rathaus kam, fragte er einen nahestehenden Krämer, wem das gehöre und erhielt zu seiner Befriedigung die Antwort: »Kan nit verstan!« denn es war ihm lieb, daß ein so wohltätiger Mann auch an sein eignes Leben etwas wende und sich das größte

Haus in Amsterdam eingerichtet habe. Als er nun einen Ratsdiener von stattlichem Ansehen an das Fenster treten sah, fragte er, wer es sei, und erhielt zu seiner großen Freude die Antwort: »Kan nit verstan!« denn nun konnte er wenigstens durch einen freundlichen Gruß einen kleinen Teil der Dankbarkeit entladen, die sein Herz gegen den Geber seines künftigen Glücks fühlte.

Jetzt war es Zeit zur Ziehung. Er hatte sich die Straße sehr genau bemerkt und fand schon eine große Zahl von Menschen rings an der Bühne versammelt, wo die Nummer auf der einen Seite aus einem Glücksrade und auf der andern Seite die Gewinste oder Nieten aus einem andern Glücksrade herausgezogen werden sollten. Da trat er mit der Miene eines Kindes, das an einen Pharaotisch kömmt und die Goldstücke für Zahlpfennige hält, unter die ängstlich harrende Menge. Rechts und links wurde er gestoßen, weil er unablässig beschäftigt war, seinen Reisebeutel, worin ihm der gute Kapitän noch etwas geräuchertes Fleisch und Schiffszwieback gesteckt, zu reinigen und auszumessen, ob die Summe darin Platz habe. Die Ziehung begann durch ein paar weiß gekleidete Waisenknaben, die mit verbundenen Augen an die beiden Glücksräder gestellt wurden. Jedermann sah auf sein Los, als ob er die Zahl nicht im Gedächtnis behalten könnte, und wenn ein paar der ersten Nummern genannt wurden, da erblaßte mancher, drehte sich um, als wollte er sich von den beiden letzten nicht anführen lassen; und kam endlich eine mit einer Niete heraus, so gingen die Leute fluchend fort. Golno konnte diese Ungeduld nicht entschuldigen. Er dachte, was würde der gute Herr Kannitverstan dazu sagen, wenn er wüßte, wie wenig seine Wohltätigkeit erkannt wird, daß die Leute um vierzigtausend Gulden keinen Augenblick warten mögen. Aus diesem Grunde beschloß er, recht geruhig auf seine Auszahlung zu warten, und deswegen genoß er den Rest aus seinem Reisebeutel mit der größten Fröhlichkeit, und dachte an seine Lene mit stiller Liebe, als seine Nummer von der einen Seite gezogen, und von der andern Seite ausgerufen wurde. *»Das große Los, vierzigtausend Gulden.«* Alles schrie auf; mancher stampfte mit dem Fuß, oder schlug die Stirn; ein andrer tat hochmütig; ein dritter machte sich um so sichrere Rechnung auf einen Nebengewinn, und Golno reichte ruhig, als sei ihm gar nichts Besondres geschehen, sein Los und seinen Reisebeutel hinauf, um das Geld in Empfang zu nehmen.

Bei diesem Anblicke mußten die Vorsteher alle lachen, in dem Beutel hatten kaum zweitausend Gulden Platz; auch wurden nur die kleineren Gewinste gleich ausgezahlt, und für die größeren Wechsel ausgestellt, die sogleich zahlbar waren. Das machte einer der Vorsteher, der Deutsch sprechen konnte, dem alleszufriednen Golno bekannt, der auch seinen Wechselbrief sehr bereitwillig annahm, und nachdem er recht artig seinen Dank an Herrn Kannitverstan abgestattet hatte, was die Leute ihm nicht recht verstehen, aber auch nicht widerlegen konnten, ruhig von dem Platze fort nach einer Straße ging, wo er sich etwas bequemer, ohne Menschendrang, umsehen und Gelegenheit finden könnte, an seine Lene zu schreiben.

Vergebens sah er sich danach um. Als es dunkel wurde, fing der Hunger an sein Recht zu üben; er aber hatte kein Geld etwas zu kaufen, denn seiner Lene Schatz rührte er unter keiner Bedingung an, und die 40000 Gulden waren Papier. Da begegnete ihm ein großer Leichenzug. Der Sarg, schwarz mit Silberblechen beschlagen, wurde von vielen schwarzen beflorten Männern begleitet, dann folgten wohl zwanzig schwarzausgeschlagene Kutschen auf Schleifen, wie man in Amsterdam, um alle Erschütterung in der auf Pfählen gebauten Stadt zu vermeiden, die Kutschen einrichtet. Er fragte einen der nebengehenden Bedienten, wer begraben würde, und der antwortete ihm: »Kan nit verstan.« Da hob Golno seine Hände gen Himmel, und legte sie vor seinem Munde zusammen, und die Tränen stürzten ihm aus den Augen, und er sagte: »Ach hätte der gute Herr nur meinen Dank noch annehmen, mein Gebet für sein Wohl anhören können; sah er doch heute noch so froh zum Fenster hinaus, ihr solltet ihn doch nicht so schnell begraben, wer weiß, ob er wirklich tot ist!« Der Bediente zuckte die Achsel, und Golno sprach zu sich weiter, indem er mit dem Zuge ging: »Ländlich sittlich, bei uns haben die Juden auch den Gebrauch, daß sie ihre Toten noch am selbigen Tage zur Erde bestatten, und so ein reicher Mann wird wohl geschickte Ärzte gehabt haben!« Mit dieser Betrachtung beruhigte er seine Besorgnis und folgte dem Zuge nach einer Kirche, wo der Sarg unter einer feierlichen Rede in ein Erbbegräbnis getragen wurde. Hier konnte er sich nicht des lauten Schluchzens enthalten, denn so viel Seligkeit er dem Verblichenen für seine vermeinte Wohltaten innerlich verhieß, so war es ihm doch traurig, daß der Mann nun von allem seinen irdischen Reichtume gar nichts mehr genießen sollte. Der Sohn des Verstorbenen, sah den betrübten Mann, trat zu ihm heran, und sagte ihm erst holländisch und dann deutsch, er möchte zum Totenmahle mit in sein Haus kommen, er sähe aus seinen Tränen, daß er seinen Vater noch im Sarge ehre. Golno drückte seine ganze Dankbarkeit aus, da aber in der Kirche keine Zeit zu weitläuftigen Auseinandersetzungen war, so mußte der Sohn es für das Nachtessen aufsparen, näher zu erfahren, wie sein geiziger Vater, den niemand bedauerte, darauf gekommen, diesem Unbekannten soviel Gutes zu erweisen.

Golno dachte, als er so unerwartet zu einem guten Abendessen kam, das ihm trotz aller Reichtümer, die er trug, gefehlt hätte, an den besondern Segen, den die himmlische Mutter seiner Lene damals für jeden zusicherte, dem sie ihn aus Liebe schenkte; er folgte mit gerührtem Herzen dem Zuge und war natürlich erschrocken in ein kleines Haus, nicht in das vermeinte Schloß des Herren Kannitverstan zu treten, und dort, statt der erwarteten Traurigkeit, ein allgemeines Jubeln anzutreffen. Hier trat der Sohn des Verstorbenen zu ihm, indem er ihm ein gut Glas Wein und eine Pastete anbot, und ließ sich von ihm erzählen, was er seinem Vater danke; und als von den vierzigtausend Gulden die Rede war, verging dem jungen Erben fast der Verstand, und er dachte ernstlich daran, dem armen Färber einen Prozeß aufzuhalsen, da es mit Hexerei zugegangen sein müßte, diese Summe dem Alten auszudrehen. Als der Färber ihn ein über das andremal Herr Kannitverstan nannte, so antwortete endlich der junge Herr verwundert, es reime sich zwar darauf, wie er heiße, nämlich Schnaphan, aber so ganz gleich wäre es doch nicht. Das ließ sich Golno gleich gefallen; als aber dieser erzählte, wie er den Herren Vater noch am Morgen gesehen, und die Austeilung der vierzigtausend Gulden näher beschrieb, da kam der junge Herr Schnaphan ins Lachen; es erklärte sich, und der Färber wollte es lange nicht zugeben. Der Holländer fühlte von neuem bestätigt, was die Holländer längst unter sich verabredet, daß sie gescheiter im täglichen Leben, als die meisten andern deutschen Stämme sind. Das alles war nun erklärt, und Golno sah sein besondres Glück wohl ein, und beschloß es mit Fleiß zu verdienen. Er befragte sich gleich, wie es mit der Schwarzfärberei in Holland stehe, und erfuhr, daß es dort keine Färberzunft gebe, sondern daß jeder, soviel er Lust hätte, wie der Frühling, anfärben könne. Gleich beschloß Golno sich da niederzulassen doch klopfte er noch so auf den Busch, ob man wohl mit den Wenden etwas Besondres vernehme. Mit Brettern, wurde ihm darauf geantwortet, pflege man die Wände in Holland zu bekleiden, das sei für Wärmung und Trockenheit vorteilhaft. Er atmete wieder auf, daß man von den Wenden, diesem deutschen Völkern sonst so verhaßten slavischen Stamme so gar nichts wisse, doch behielt er sich vor, am andern Morgen, wo ein Sonntag, sich bei einem Prediger der deutschen Gemeine, der ihm dort als Seelsorger empfohlen war, noch näher darüber zu erkundigen. Nun fragte er auch nach Wohnung und Tuchwarenlagern: er wollte jetzt auf seine Rechnung färben; nach Spezereihändlern, um die Färbematerialien zu bekommen. Die letzteren lernte er unter dem Schilde der Türken mit aufgesperrtem roten Rachen kennen. Für Wohnung und Tücher wollte aber der junge Herr Schnaphan zu billigem Preise sorgen, weil ihm sein Vater bequeme Gelegenheit zur Färberei am Amstelflusse und ein ganzes Lager von Tüchern hinterlassen hatte.

Der junge Herr war eben so entzückt von seiner neuen Bekanntschaft, wie der Färber von ihm, und dieser ließ sich nicht lange bitten ein Zimmer anzunehmen, das mit dem schönsten chinesischen Porzellan an den Wänden geschmückt, mit einem persischen Teppich belegt, im Alkoven ein Bette mit feinsten ostindischen Kattunen behängt, zeigte. Da lernte er erst gute holländische Leinewand an den Bettüberzügen kennen, und wie es sich in Holland träumt, wenn man das große Los gewonnen, und wie es sich aufwacht, wenn ein Mensch sein Lebelang arm gewesen, und nun in seinem Zimmer chinesische Tassen und rauchenden Teekessel und feines Backwerk zu seinem Frühstücke aufgestellt sieht: lauter Dinge, die unser Färber nur zuweilen in den Kaufmannshäusern hatte vorbeitragen oder in der Küche bereiten sehen, wenn er Waren überbracht hatte. Wie er denn aber eine gläubige Natur war, so glaubte er nicht, daß man ihn damit vergiften wolle, rief sein Jongetche bald so gut, wie ein alter Holländer, und bestellte sich ein Flammetge zu der vortrefflichen weißen irdenen Pfeife und dem köstlichen holländischen Knaster, die ihm auf ein Nebentischchen gestellt waren; worauf ihm das Jongetche recht zierlich einen brennenden Fidibus an die Pfeife hielt und ein Quispeldortje neben ihn stellte. Nachdem er mit sich das Notwendige abgemacht und der junge Herr Schnaphan zu ihm gekommen und beide mit einander nichts zu reden wußten, da dachte Golno an seinen Gott, und beschloß zu dem deutschen Prediger in eine Privatbeichte zu gehen, welcher ihm gerühmt worden. Er unterbrach das lange Schweigen indem er den jungen Herrn, der in Erbschaftsgedanken beide Hände zwischen den Knieen zusammengelegt und einen Daumen um den andern herumgehen ließ, fragte: Ob er es mit jedem so machte? Der junge Herr antwortete: »Nein nicht mit jedem, aber mit dem Daumen kann ich es sowohl von unten herauf, wie von oben herunter!« Dabei wechselte er in der Bewegung, und Golno erklärte sich deutlicher, indem er fragte: Ob er es mit jedem Fremden so mache, daß er ihn so köstlich bewirte? »Nein mein Herr«, antwortete jener, »Ihr seid der einzige, aber Ihr habt so etwas an Euch, daß man Euch beim ersten Blicke gut wird!« »Nun«, sagte Fritz, »da muß ich wohl Gott dafür danken, denn ich habe es nicht von mir selbst, und darum seid so gefällig und laßt mich zu dem deutschen Prediger führen, den Ihr mir gerühmt habt, dort will ich Gott dafür danken.« »Gleich mein Herr«, sagte der junge Mann, und rief das Jongetche, ließ einen Schrank aufschließen und sagte: »Beliebt, da es ein Sonntag ist, von diesen Kleidern Gebrauch zu machen und von diesen Perücken im Nebenzimmer, sie sind neu und werden Euch passen, da wir von einer Größe sind.« Fritz dankte. Der junge Herr half ihm in die Kleider, und bestellte beim Jongetche, wohin er ihn führen sollte.

Kaum hatte das Jongetche den Färber im Hause des Predigers angemeldet, so kam eine Magd, die bat ihn die Schuhe auszuziehen, und führte ihn in ein Zimmer, dessen gebohnter Fußboden mit ungebleichter Leinewand in den Hauptstiegen überdeckt war, die Wände verzierten ehrwürdige Predigerköpfe in breiten steifgefaltelten Halskrausen. Dort ließ sie ihn in stiller Betrachtung mit sich allein. Bald trat ein sehr ernster, langer, hagerer Mann herein, etwas finster, als ob er in der Ahndung des Sonntagbratens gestört worden, begrüßte den Färber mit einem Kreuz, sagte ihm, wenn eine große Sünde sein Herz beschwere, er möchte sie ihm unbesorgt vorlegen, daß er mit Gottes Beistand ihm raten könne, wie er zur Ruhe der Seele und zu einem würdigen ungestörten Genusse des heiligen Abendmahls wieder gelangen könne! Bei diesen Worten ging er mit dem Färber quer durch das Zimmer, und da dieser die gebohnte Fläche als völlig verboten zum Gehen betrachtete, gleichsam wie Wasser, so machte er die gewaltsamsten Sprünge oder Umwege, um von einem festen Lande zum andern zu kommen, das heißt von einem Leinewandwege zum andern. Der Geistliche hielt diese Bewegungen für innerliche Regungen des Satans, und fing an gegen die Besitzungen dieses bösen Geistes zu beten, der gewöhnlich dann sich einzustellen pflegte, wenn die reuige Seele zu Christus heimkehren wollte. Damit rückte er dem Färber näher zu Leibe, trieb ihn in eine Ecke und forderte ihn im Namen der Dreieinigkeit auf, seine Sünde zu bekennen. Da entließ endlich der Färber, nachdem es ihm fast im Halse stecken geblieben, die bedenklichen Worte: »Ach lieber Herr Prediger, wie wird es mir in der Welt ergehen, ich bin von Geburt wahrscheinlich ein Wende!« Der Prediger sah ihn verwundert an und sprach: »Ist das Eure ganze Beichte?« »Ja Herr Prediger, das ist meine einzige Sünde!« »Nun«, antwortete der Prediger, »eine Sünde ist es gerade nicht, aber schön ist es auch nicht!«

Bei dieser Antwort fiel dem guten Färber ein Stein vom Herzen. Wenn er die allgemeine Ausschließung der Wenden aus allen Zünften betrachtet hatte, da war ihm heimlich doch zu Mute, als wenn eine große Erbsünde auf ihm lastete. Jetzt hörte er, daß es keine Sünde sei, und was die Schönheit anbelangte, so kam er sich selbst gar nicht häßlich vor, und die Mädchen hatten ihn schon oft den hübschen Fritz genannt. Rasch erzählte er nun das Unglück, was ihn aus Stettin vertrieben, daß diese seine Abkunft verraten worden, und seine Besorgnis, es möchte ihm in Amsterdam nicht besser gehen. Der Geistliche beruhigte ihn völlig, indem er ihm versicherte, daß er als ein Ausländer nur allein einen Begriff von einem Wenden habe, hingegen in Amsterdam kein Ausländer, wenn er nicht ein Menschenfresser sei, Hindernis in seinem Gewerbe verspüre. Zugleich bat er sich Erlaubnis aus, ihn seiner Frau und seinen Töchtern als einen Wenden vorzustellen, weil die noch gar keinen Begriff von einem Wenden hätten. Golno sagte ihm, daß wenn es ihm keinen Nachteil brächte, er seinen Ursprung lieber öffentlich sagen, als verheimlichen möchte.

Der Prediger führte ihn darauf in ein unteres Zimmer durch eine mit gemalten Fliesen ausgelegte Küche, die von Messing und Kupfer, wie ein Arsenal glänzte, in ein Zimmer, wo eine dicke behagliche Frau auf einem Feuerbecken saß, eine alte Frau in einem geflochtenen Korbe, wie in einer gepolsterten Laube, während zwei Töchter, welche auf ihren weißen Hauben schöne Sonntagsspitzen und glänzende goldne Spangen trugen, welche vorne über den Kopf bis an die Ohren gingen und die Mütze festhielten, Tischzeug auseinanderlegten. Die Frauen sprachen holländisch, und als sie die Ankunft des Fremden erfahren, stellten sie sich alle um ihn her, besahen seine Hände, ob er auch keine Schuppen und seine Stirn, ob er auch keine Hörner habe, und dann erst sprachen die Töchter deutsch mit ihm und schienen ihm gnädig, besonders die älteste, welche erwachsen und recht schön war, und Susanna hieß. Die jüngere, Charlotte, die in dem Alter zwischen der Kindheit und der Jungfräulichkeit, wie eine Pflanze vor dem Aufblühen schön aber unbemerkt schwebte, wagte ihn kaum aus der Ferne anzusehen. Er mußte seine Geschichte erzählen; da erstaunte alles über sein Glück. Es wurden Verwandte aus der Nachbarschaft gerufen, das Zimmer füllte sich, und der Schluß von dem allen war, daß er von den verschiedensten Leuten auf die ganze nächste Woche eingeladen wurde, und den Mittag beim Prediger bleiben mußte, nachdem er vorher bei ihm in die Kirche gegangen, um seinem Gott für alles Glück zu danken, was sich an dem vorhergehenden Tage für ihn vereinigt hatte. Sei es nun, daß ihn sein Begleiter in der Kirche belauscht hatte, oder war es bloße Vermutung, nach Tische wurde behauptet, er müsse gut singen und er wurde gebeten, ein deutsches Lied anzustimmen, wenn er kein wendisches wüßte. Der Färber wußte kein andres Lied, als was er von einem Schiffer gehört, und wobei er an sein Lenchen gedacht hatte, und bloß, um an diese ungestört zu denken, sang er in die holländische trübe Welt hinein:

Kalte Hände, warmes Herz,

Hab ich wohl empfunden,

Nahe Tränen, fernen Schmerz

In den Abschiedstunden;

In der Hände letztem Druck

Froren sie zusammen;

Doch das Herz war heiß genug,

Löste sie in Flammen.

Kalt so fühl ich deine Hand,

Noch in meiner liegen,

Und des Herzens heißen Brand

An mein Herz sich schmiegen:

Kalte Hände, warmes Herz

Mußt du mir erhalten,

Keinem drück die Hand zum Scherz,

Daß nicht Herzen kalten.

Der herzliche Ausdruck seines Gesanges, hatte Beifall erzwungen, und da damals die Singerei in Holland besonders langweilig getrieben wurde, so hielten die Leute den Färber für einen der ersten deutschen Meistersänger, welche Gilden damals, wo sie im Untergehen waren, auswärts in den größten Ruf kamen. Er wurde sehr gebeten, mehr zu singen und der junge Herr Schnaphan, der dazugekommen, war nicht wenig stolz, einen so seltnen Singvogel zu beherbergen, und der Färber sang, was er irgend wußte, und jedermann war zufrieden. Doch drückte dies niemand so derb aus, als Susanna, des deutschen Predigers Tochter, die ihm auf den Fuß trat, daß er meinte, sie habe ihn für einen Hund gehalten, und wie sich Mißverständnisse leicht in sich durch sonderbare Nebenbezeichnungen mehren, so fiel ihm ein lustig Lied von einem wandernden Gesellen ein, der mit den Hunden zur Stadt hinausgejagt wurde, und das sang er frisch weg:

Wie glänzt mir jede Stadt so hell,

Wo mir kein Haus gebauet,

Wo ich als wandernder Gesell,

Mich lustig umgeschauet;

Wenn in der leichten Abendtracht,

Die Mädchen in den Türen,

Weil sie vom hellen Mond bewacht,

So manchen Mutwill spüren.

SIE: »Hilf Gott«, so spricht mich eine an,

»Das nenne ich noch gähnen,

Bist du nicht auch ein Leiermann,

Sing mir von Lust und Tränen!

Sing langsam, daß ich's von dir lern,

Ich will's dem Liebsten singen,

Das Wetter leuchtet still von fern,

Die Grillen Ständchen bringen.«

Ich sing von einem Ort im Rhein,

Da liegen große Glocken,

Und wird im Jahr ein edler Wein,

Da stehen sie ganz trocken,

Und schlagen drauf die Schiffer an,

Da rufen sie nach Weine;

Ich bin ein durst'ger Leiermann,

Und habe müde Beine.

SIE: »Hier hast du eine Flasche Wein,

Und hier die Bank von Steinen,

Und denk, du säßest hier am Rhein,

Und tränkst von edlen Weinen;

Und greif mir nicht nach meinem Arm,

Ich wärm ihn in der Schürze,

Und singe nur, es ist nicht warm,

Und mir die Zeit verkürze.«

Am Rheine war ein geiz'ger Abt,

Der gönnt es nicht den Leuten,

Daß sie an Trauben sich erlabt,

Wenn sie zur Lese schreiten;

Darum erfand der list'ge Mann,

Sie mußten immer singen:

Dieweil dann keiner essen kann,

Und die in Butten springen.

So soll ich singen vor der Tür,

Und möcht dich lieber küssen,

O Mädchen nimm mich doch zu dir,

Und morgen will ich grüßen,

Mit allem süßen Zaubersang,

Geschöpft aus deinem Munde,

Jetzt schweigt mein Mund in Liebesdrang,

Der Wächter ruft die Stunde.

SIE: »Der Wächter singt sein Verslein gut,

So gut magst du nicht singen;

Er hat so einen tapfern Mut,

Und kann Gespenster zwingen.

Er hat ein gar gewaltig Horn,

Und bläst recht mir zum Spaße,

Sein Lieb zu mir hat grimmen Zorn,

Darum zieh deine Straße.«

Als ich die Warnung kaum vernehm,

Hör ich die Hunde heulen,

Da ist's ach mir so unbequem,

Daß ich davon muß eilen:

Ich seh den Wächter an der Tür,

Er tut mein Mädchen küssen,

Doch hat sie drauf, das glaubet mir,

Die Tür ihm zugeschmissen.

Und wie er nun in seinem Grimm

Und ich in meinem Lachen,

Da ruft er mir mit starker Stimm:

»Was hast du Nachts zu machen?

Die Lieb ist leer, die Flasch ist aus,

Auf dir sei sie zerschmissen!«

Das tat ich und sie lacht im Haus;

Dann bin ich ausgerissen.

Ob er Susanna wirklich dabei angeblickt, als er hier zufällig seine Flasche umstieß, ob sie darum gelacht, es war von seiner Seite ohne Absicht und wirkte doch auf ihrer Seite die Überzeugung, der Färber sei ihr geneigt, und so suchte sie jede Gelegenheit, sich ihm zu nähern, schüttete ihm nach Tische eine Tasse Kaffee auf sein geborgtes Kleid, daß er hätte verzweifeln mögen, während sie in der Seligkeit der Berührung ihn demütig abwischte, wobei Charlotte, ohne einen Grund anzugeben, das Zimmer verließ. Susannens Freude wurde aber vollkommen, als ihr Vater, dessen Hinterhaus an der Amstel lag, ihm den Vorschlag machte, dies zu seinem Färbereigeschäfte zu beziehen, und selbst der junge Herr Schnaphan versicherte, er glaube es noch besser gelegen, als sein eignes Haus. Golno ging in großem Eifer an Ort und Stelle, alles zu untersuchen. Der Platz war herrlich, seine ganze Einbildungskraft erfüllte den Raum mit Küpen, Feuerstellen, mit Farbevorräten, Trockenplätzen, und er suchte es recht hörbar zu machen, daß er seine Sache wohl verstehe. Der Mietskontrakt wurde noch Abends, ungeachtet es Sonntag war, abgeschlossen, und der Prediger, dessen Namen er jetzt bei der Unterschrift mit einem Erröten erfuhr, er hieß Hille, wurde ihm durch die Erinnerung an sein liebes Lenchen ungemein teuer, auch kam es ihm vor, als ob Susanna eine gewisse Ähnlichkeit mit seinem Lenchen in ihrem Gesichte zeigte, darum war er recht artig gegen das verliebte Kind, und mußte sie oft lange ansehen. Als sie ihn Abends die Treppe herunterleuchtete, drückte sie ihm zärtlich die Hand, wie er meinte, heimlich aber hatte sie ihm in den kleinen Finger gebissen, und er meinte, weil alles so sonderbar in Holland, das sei auch ein holländischer Freundschaftsdruck.

Als er in sein Zimmer zurückgekehrt war, sprach Herr Schnaphan so entfernt, daß es der ehrliche Handwerker gar nicht auf sich bezog: der Prediger sei durch die Frau sehr reich, seine Töchter hätten guten Ruf, sie wären hübsch, es könnte mancher da sein Glück machen. Golno wartete nur mit Ungeduld, daß er gehe, um endlich seinem Lenchen alles ausführlich zu schreiben, vor welcher Arbeit er sich bisher immer noch sehr gescheut hatte, da er mit der Feder nicht sonderlich umzugehen wußte, und meist etwas ganz andres hinschrieb, als er eigentlich hinschreiben wollte, weil er seinen Satz in der Mitte des Schreibens vergaß. Dennoch überwand seine Liebe alle Schwierigkeit, er hatte morgens um fünf Uhr zwei Bogen voll Zärtlichkeit und Geschichten in aufsteigenden und absteigenden Linien, wie einen Stammbaum, geschrieben, hier eingefügt, dort ausgestrichen; hatte den Brief auch nicht ohne Nebenkleckse gesiegelt. Jetzt ging aber seine Verlegenheit recht an, wie er ihn überschreiben sollte, daß sein Lenchen ihn gewiß erhielte. Wenn er so überlegte, da war er sehr gründlich, und es dauerte bis acht Uhr, ehe er völlig mit sich einig war, den Brief an seinen alten Vater mit einigen Goldstücken, die er sich von Herrn Schnaphan liehe, nach Erdmannswalde, wo er ein Freigütchen bewohnte, zu senden. So wurde endlich das ganze Briefgeschäft um zehn Uhr fertig, wo er sehr erhitzt und erschöpft, wie er sich noch nie gefühlt, die Tuchvorräte des Herren Schnaphan besah, einen großen Vorrat weißer Tücher fand, die der Vater in einer mißlungenen Lieferung für eine Armee, aufgekauft hatte, und die ihm der Sohn zu 60000 Gulden, als den Einkaufspreis, anbot. Golno war so erschöpft von dem ungewohnten Schreiben, daß er aus Gedankenlosigkeit 30000 Gulden darauf bot. Der junge Schnaphan, der keine Hoffnung hatte, diese zum Teil gegelbten Tücher bald loszuschlagen, und Geld zur Auszahlung einiger heimlichen Schulden brauchte, schlug ein. Alles wurde richtig gemacht, der Wechsel von der Lotterie angenommen, ein Kreditbrief und bares Geld für den Rest gegeben, die Tücher nach des Predigers Hause gefahren, wo Susanna dem Liebling ein Bette eingerichtet und mit Blumen besteckt, auch für die nötige Zimmereinrichtung gesorgt hatte.

Der Färber in seiner Handwerksleidenschaft kaufte noch an dem Tage Farbestoffe zur Schwarzfärberei, und die nötigen Gerätschaften, half selbst den Maurern bei der Einrichtung in der nächsten Woche und in acht Tagen hatte er seine gebleichten Hände schon wieder so schwarz gedunkelt, daß Susanna recht böse war auf das böse Handwerk, und es sich doch nicht merken lassen durfte, weil er davon wie von einem himmlischen Werke redete, und ihr oft vorsang:

Als diese Welt nicht Farbe wollte halten,

Da tauchte sie der Herr in Sündflut ein,

Bestrahlte sie darauf mit farb'gem Schein,

Die Farbe muß den neuen Bund gestalten;

Der Färber ist der wahre Mittelsmann,

Der Gott und Welt durch Kunst vereinen kann.

Seine unermüdliche Tätigkeit und die Gegenwart mehrerer Arbeiter, die er sich angenommen hatte, verhinderten übrigens jede Vertraulichkeit, die Susanna ihm zugedacht hatte, während er selbst zu unbekannt mit gebildeten Ständen war, um kleine Gunstbezeigungen weiter zu deuten, und so kam es, daß beide nach zwei Monaten nicht weiter waren, als am ersten Tage.

Er hatte unterdessen eine große Masse des Tuchs schon schwarz gefärbt, weil er von keiner andern Farbe gründlich unterrichtet war. Als endlich der Herr Prediger, dem Großmutter und Mutter, die Liebe Susannens verraten hatten, an einem Sonntagmorgen in Golnos Zimmer trat, seinen Fleiß lobte, ihm erzählte, daß er recht traurig sei, weil er seine jüngste Tochter Charlotte in eine Kostschule aufs Land geschickt, um ihre Gesundheit, die bei dem schnellen Emporwachsen leide, herzustellen. Darauf fragte er ihn, ob er nicht daran denke, sein Hauswesen durch eine gute christliche Ehefrau in gleiche Ordnung zu bringen, da würde er seine Arbeiter selbst speisen, und viel an täglichen Ausgaben ersparen können. Golno weinte vor Freude, sagte, das sei sein einziger quälender Gedanke. Der Prediger versicherte, es würde wohl manches Mädchen seine Hand annehmen, da er von so guten Sitten und von so lobenswertem Fleiße sei, und wollte eben zu seinem rechten Vortrage kommen, als ihm Golno um den Hals fiel und sagte: »Sehen Sie Ihre liebe Tochter Susanna an!« »Nun das freut mich«, antwortete der Prediger, »daß Sie schon gewählt haben.« »Ja«, sagte Golno, »unveränderlich, nur der Tod soll mich von meinem Lenchen trennen!« »Lenchen?« fragte der Prediger, »Lenchen ist Helena«, sagte er verlegen, »Helena hat den schönen Paris verführt, was hat meine Tochter mit dieser Helena zu tun?« »Sie sieht ihr wie eine Schwester ähnlich, und sie haben einerlei Zunamen: Lenchen Hille oder Hillen, heißt meine Braut in Stettin.« Der Prediger blickte gen Himmel, und dann wieder zur Erde, und fragte fast leise, wo sie geboren, diese Helena. »Das weiß Gott allein«, sagte Golno seufzend, »und das macht mir vielen Kummer, denn es ist doch eine große Trauer auf dem Erdboden, wie eine Insel im Meere zu stehen, nichts gehört einem Findlinge durch die Geburt an, als die Hoffnung des ewigen Lebens.« »Gott ist der Vater aller Findlinge«, sagte der Prediger gerührt, »er straft an den Eltern die Harte, welche sie aussetzte; aber er erzieht die Kinder.« Der Färber erzählte nun unter dem Siegel der Verschwiegenheit die Geschichte seines Lenchens. Der Prediger wurde endlich immer unruhiger, er setzte mehrmals zum Sprechen an, konnte aber nichts weiter hervorbringen, als: »Herr, habe Erbarmen mit deinem sündigen Knecht!«

Endlich schloß er die Türe sorgfältig, nahm einen Eid von Golno, nichts von allem zu entdecken, was er ihm vertrauen wolle, und rief dann, indem er Golno starr ansah: »So ist es doch umsonst, was ich der Welt verheimlichen wollte, was ich ausgetilgt glaubte bis zum Jüngsten Gerichte, das muß ich selbst verraten!« Nun erzählte er, wie er zu Jena studiert habe, und sehr fleißig und fromm und arm gewesen, wie seine Aufwärterin, die an anderen Studenten viel verdient hatte, ihn mit ihrer Zärtlichkeit und mit Geschenken verfolgt habe, wie er die Geschenke zwar angenommen, aber immer mit Verachtung belohnt habe, bis sie ihm endlich seine Undankbarkeit vorgeworfen, worüber er sich in einem wunderlichen Gemische böser Lust, wirklicher Dankbarkeit und gramvoller Vorwürfe ihr ergeben habe: wie ihn diese Sünde gleich darauf in ein anderes Haus getrieben, um dieser Verbindung auf immer zu entsagen. Bald aber hätte er drohende Briefe von seiner Verführerin erhalten: sie fühle sich gesegnet und das sei sein Unsegen gewesen, denn sie habe ihm gedroht, wenn er sich ihr nicht ergebe, ihn als Vater des Kindes anzuzeigen, wodurch er auf immer dem geistlichen Stande, und somit allem, was er verehrte, was er gelernt, und was ihn nähren sollte, hätte entsagen müssen. In dieser Verzweifelung habe er den Entschluß gefaßt, nach Holland zu fliehen, wo er einige Universitätsbekannte zu finden gehofft. Dem Mädchen habe er deswegen geschrieben: er lebe nicht mehr, wenn sie den Brief erhalte; er habe kein Mittel für sein Kind zu sorgen, als einen Brief an seine Schwägerin, die Frau Hillen in Harzgerode, mitzugeben, daß sie sich des armen Kindes erbarme. »Nachdem ich dieses geschrieben«, fuhr der Prediger beruhigter fort, »floh ich aus Jena, mein hebräisches, mein griechisches Testament und wenige Groschen in der Tasche, ohne mich umzuschauen, als liege Sodom hinter mir. Ich erbettelte, was ich brauchte, als reisender Student, unter verändertem Namen, bei Landpredigern, immer in Sorgen, die verführerische Hexe möchte meinen Tod nicht glauben, und meinen Weg erraten, bis ich endlich Holland erreichte, durch meinen Ernst und meine Kenntnisse mich empfahl, und durch meine jetzige liebe Frau, die aus einer angesehenen, reichen Familie stammt, zur ersten deutschen Predigerstelle allhier voziert wurde. Seit dem Tage, wo ich Jena verließ, habe ich mich mitten in dem Wohlleben einer reichlich besoldeten Stelle vor der möglichen Entdeckung jenes früheren Fehltritts geängstigt. O! der jammervollen Stunden voll eingebildeter

Schrecknisse! Mit meinem Gotte hatte ich mich durch Buße, Gebet und treue Arbeit in seinem Weinberge wieder vereinigt, aber ich fürchtete mich vor der Welt, die um so unerbittlicher den einzelnen Fehltritt eines Menschen straft, je mehr Neid sie gegen sein übriges unsträfliches Leben empfunden. Lieber Golno, es fühlt sich der rohe Haufe recht beruhigt, wenn er einen Geachteten nicht besser als sich selbst erfunden hat, und sucht ihn auf immer noch unter sich selbst herabzusetzen. Ach mein armes Kind, daß ich so gar nichts für dasselbe getan habe, als ich im Überfluß lebte! wie oft wollte ich meine Scham überwinden, meiner Schwester schreiben, ihr alles entdecken, aber sie war zu stark diese falsche Scham. Gewiß, ich will vergüten, was ich versäumt. Bei aller Liebe zu ihr, die Sie gewiß nicht erheuchelt, sondern aus frommem Herzen ausgesprochen haben, beschwöre ich Sie, keine Briefe, nichts weiter abzuwarten, sondern zurückzueilen, und mein armes Kind in eine sorgenfreie Lage zu setzen; mein Vermögen steht Ihnen zu Gebote!«

Golno besann sich. Sein Lenchen wiederzusehen, wäre ihm das Liebste auf Erden gewesen; aber da färbte sich seine Phantasie schwarz, wenn er bedachte, daß alles Tuch zur Farbe bereit, die Küpe schon anfange zu kochen. Er lebte zur Hälfte in seinem Geschäfte, und bei aller Überwindung, die es ihm kostete, es ließ ihn nicht los; er mußte erst alles Tuch gefärbt haben, und wollte dann mit der ganzen Fracht nach Hause reisen und zusehen, welches Glück er damit machen könne. Dies setzte er allen Bitten des Predigers entgegen, und er blieb fest. Nachdem dieser umsonst alles versucht, ihn zu bereden, gab er es auf, insbesondre, da er hörte, daß Golno gleich dem ersten Briefe einiges Geld für Lenchen beigefügt hatte; nur besann er sich jetzt, was er der Töchter Susanna über Golno für Bericht abstatten wolle, und fand endlich das beste, ihr zu sagen, er sei schon in Stettin verheiratet, um jede Anforderung abzuschneiden. Er fand es nötig, Golno von ihrer Leidenschaft zu unterrichten, und welchen Weg er einschlage, sie davon abzubringen. Golno war das zufrieden, weil es nun einmal ohne Lüge nicht abgehen könne, doch tat ihm die liebe Susanna bitterlich leid.

Als Golno zum Mittagsessen in das Zimmer des Predigers trat, las er die Bestürzung auf allen Gesichtern. Der Prediger flüsterte ihm seitwärts zu, seine Tochter sei von der Nachricht, daß sie ihm entsagen müsse, so heftig ergriffen worden, daß sie in der Verzweifelung irre rede, und sich niemand zeigen dürfe. Golno betete für sie, statt das gewöhnliche Tischgebet, was der Prediger hersagte, mitzusprechen; er setzte sich mit beklommenem Herzen zum Tische. Des Gesprächs und der Eßlust war wenig. Plötzlich sprang die Türe auf, und ein ganz schwarzer Schatten trat lachend in das Zimmer. Alle erschraken, die Frau des Predigers und die Großmutter vor allen, da sie die schwarzen Streifen und Tropfen bemerkten, die der lachende Schatten überall zurückließ. Sie bekamen dadurch Besinnung, und erkannten in dem schwarzen Ungeheuer ihre unglückliche Tochter Susanna. »Unglückskind, was hast du gemacht?« schrie ihr die Mutter zu. »Ach«, seufzte die Tochter, »er liebt seine Farbe mehr, als mich, da hab ich mich färben müssen, damit er mich liebt; gefall ich dir nun Golno, du Verführer!« Golno fing jetzt über seine Farbe an zu jammern, die sie ihm gewiß umgestoßen. Susanna lachte; er lief fort, sie lief ihm nach, hinter ihr der Prediger, aber er war zu langsam; dann kam die Mutter, die Großmutter, die Schwester und zwei Mägde mit Waschgefäßen, damit die Farbe nicht einfressen könnte in die Dielen des Ganges. Wenn der Teufel in eigner Person erschienen, hätte es nicht soviel Lärmen machen können, insbesondre da jetzt der Perückenmacher, mit einer Schachtel, worin er des Predigers Sonntagsperücke abholen wollte, Susanna an der Treppe entgegengekommen, erschrocken wie versteinert ihr nicht ausgewichen, sondern in der Meinung den Teufel zu sehen von ihr übergerannt, und mit ihren Händen bezeichnet worden war. Als Golno alles noch in der Färberei ganz ordentlich wiederfand in Verhältnis der Menschenanschwärzung, die da vorgegangen, schloß er sie eilig zu, und kam den Hausleuten zu Hülfe, brachte den geschwärzten Perückenmacher wieder zu sich, befahl ihm Stillschweigen, hob die geschwärzte Schöne in eine Wanne mit kaltem Wasser, und überließ es den Ihren, sie zu reinigen, während er sich in seiner Kammer an einem Stuhl niederkniete, und zu Gott um Reinigung ihrer Seele von so schwarzer Leidenschaft betete.

Am andern Tage hörte er, daß leider die Geschichte in der Stadt auf die wunderbarste Art erzählt werde, er sah mit der ganzen Familie des Predigers ein, daß Susanna in Holland nicht bleiben könne. Die Mutter warf ihm mit einiger Bitterkeit vor, daß dies Verderben ihres Kindes der Lohn wäre, den ihre Freundschaft für ihn getragen. Golno war tief betrübt, insbesondre, da er hörte, daß Susanna nach einer Fiebernacht, ihr ganzes Elend mit Bewußtsein übersehe, ihren Wahnsinn verfluche, aber ihre Liebe bewahre; er war ihr von Herzen gut, aber sein Lenchen war ihm lieber. Eine Heirat mit Susanna hätte vielleicht das ganze Haus beruhigen und Lenchen ihrem Vater zuführen können; aber er wagte es nicht zu denken. Doch förderte er seine Färberei mit Unermüdlichkeit, um allen Nachgedanken sich zu entschlagen. Als die Färberei fast beendigt war, kam ein Kurier aus Berlin, der den Tod des Königs Friedrich des Ersten berichtete, und zu dem prachtvollen Leichenbegängnisse, eine außerordentliche Menge schöner Tücher bestellte. Kein Kaufmann hatte aber einen solchen Vorrat an schwarzen Tüchern, als Golno; denn er hatte in seiner unbewußten Ahndung den ganzen Tuchvorrat Schnaphans schwarz gefärbt. Es kamen Mäkler, die wollten ihm den Vorrat wohlfeil abkaufen, er aber war gescheit, sein Korn zu schneiden, als es reif war, und faßte den Entschluß, drei Wagen mit seinen Tüchern zu befrachten, und auf dem kürzesten Wege selbst damit nach Berlin zu ziehen.

Der Prediger gab ihm jetzt tausend Aufträge an seine verlorene Tochter mit. Susanna aber verlangte mehr, sie setzte ihm ruhig auseinander, daß sie sich in Amsterdam nicht mehr auf der Gasse zeigen könne, ungeachtet sie sich vor jedem ähnlichen Anfalle sicher glaube; sie lebe daher, wie im ärgsten Gefängnisse, und wolle mit ihm reisen, um seiner Frau zu dienen. Diesen Vorschlag unterstützten Mutter und Großmutter, während der Prediger zur Verheimlichung seiner unehelichen Tochter es durchaus abschlug. Dieser bescheidene Wunsch der armen Susanna, wurde also nicht angenommen. Sie schwieg, sie schien sich zu beruhigen, aber das war nur Schein.

Die großen Wagen wurden mit rastloser Eile befrachtet; nach vier Tagen war alles reisefertig. Golno nahm einen recht gerührten Abschied. Der Prediger hatte ihm noch mancherlei zuzuflüstern. Susanna schien ruhig; Mutter und Großmutter waren wegen des Abschieds gelinde. Er trat leicht auf, als er mit seinen Schätzen auf der Landstraße war, ging schmauchend neben den Wagen her, und sah wenig um sich. Da trat ihm unerwartet von einem Seitenfußsteige eine weibliche Figur mit einem Bündelchen entgegen: es war Susanna. Sie sprach kein Wort, sondern legte ihren Bündel mit auf den Wagen, und ging neben ihm her. Er konnte sie nicht verstoßen, aber freundlich war er ihr nicht; er munterte sie nicht auf, er kümmerte sich nicht, wo sie in den Wirtshäusern sich aufhielt; doch zahlte er für sie, und bekümmerte sich heimlich, was aus ihr werden sollte. Susanna schien den Anfang ihres Dienern darin zu setzen, daß sie sich aller Annäherung zu ihm enthielt; sie war wie eine andre Arme zu ihm, die er aus Barmherzigkeit auf der Landstraße mitgenommen hätte.

So kamen sie, ohne alle nähere Erklärungen, nach Berlin. Golno machte sein Geschäft sehr vorteilhaft; bei dem Mangel an barem Gelde, wurden ihm Häuser und ein Landgut zu billigem Preise, als Bezahlung gegeben. In Holland wäre sein Vermögen unbedeutend gewesen, hier gehörte er zu den reichen Leuten des Landes, und wurde selbst von dem neuen König, Friedrich Wilhelm, der Fabriken und Gewerbe bis zur Gewaltsamkeit aufmunterte, in sein Tabakskollegium eingeladen. Er fand sich ein, gefiel dem Könige, mußte viel von Holland erzählen, und wurde mit allem Privilegium zu einer großen Färberei beschenkt. Die häusliche und kräftige Gesinnung des Königs gefiel ihm durchaus; er glaubte sich selbst aus ihm sprechen zu hören.

Er wartete kaum den Tag ab, wo ganz Berlin in dem von ihm gefärbten Tuche erscheinen sollte, und als er diesen Färbertriumph erlebt, als der Trauerzug beendigt, fuhr er mit Susanna nach Stettin, die hundert Harzgulden unberührt in der Tasche. Unterweges glaubte er es seine Schuldigkeit, Susanna zu unterrichten, wie nahe sie mit Lenchen verwandt wäre; er glaubte ihr dadurch den Schmerz bei dem Anblicke jener zu mindern, und Susanna empfand im voraus, nach der ersten Verwunderung, eine zärtliche Sehnsucht, diese arme verlassene Schwester kennen zu lernen. Nun vertraute er ihr auch, daß er weder vermählt, noch verlobt sei, daß es sich aber immer so stillschweigend zwischen ihm und Lenchen verstanden, daß sie einander angehörten. Susanna schien dadurch in ihrem Betragen unverändert, und das gab Golno ein Zutrauen, sie bei der Ankunft in Stettin, wo er mit den Augen stolz alle Straßen durchleuchtete, ob ihm nicht Wigand begegnete, sogleich mit zu Lenchen zu führen. Vielleicht war er auch kein Freund von Schonung, vielmehr beeiferte er sich immer, alles gerade zu seiner Erklärung zu ziehen.

Lenchen, das erfuhr er beim Färber, war im Garten vor der Stadt, nicht weit von dem Wirtshause, wo er sie zum letzten Male gesehen. Er fuhr erst in ein Wirtshaus, bestellte zwei Zimmer, und ging dann mit Susanna über die Brücke, die nicht wenig erstaunt war über die Ansicht der Stadt, die an Hügeln am Kreise ansteigt, und gleichsam neugierig über den Fluß hinsieht, welche Schätze er ihr aus der Fremde zuführe, und auf die Wiesen, welche Schäferin, und welche Gärtnerin da ihres Schatzes warte. Sie sahen aber einen großen Kreis von Mädchen vor den Gärten versammelt, die große Henkelkörbe mit Gemüsen aller Art, das von der frischen Kraft der Erde, wie ihre Wangen von den frischen Herzen strahlten, zur Stadt trugen. Diese Mädchen umgaben mit Gesang ein blasses schönes Kind, das Golno schon aus der Entfernung für sein Lenchen erkannte. Sie hatten ihr den Korb abgenommen, weil ihr schwach geworden war, und sie hatte allen vorausgesagt, ihr müsse an dem Tage noch etwas bevorstehen. Golno fand sich in seiner Freude durch die Gegenwart der andern Mädchen gestört, er stellte sich ihr deswegen etwas ungeschickt in den Weg und sagte: »Guten Tag Lene, wie ist es Ihr ergangen, Sie sieht ein wenig blaß aus, es fehlt Ihr doch nichts?« Und Lene, die nicht minder verlegen war, antwortete ihm: »Gott grüß Ihn, ist Er schon wieder da, Er sieht nicht nach der Fastenzeit aus, was trägt Er für eine Narrenkappe auf seinem Kopf, Hoffart kommt vor dem Fall; mir ist heut gar nicht recht, es liegt mir so schwer auf dem Herzen.« »Ei Lenchen, du wirst doch nicht krank«, antwortete Golno, »meine Haarklatte soll dich nicht kränken: das ist so holländische Mode; sieh, da schmeiß ich den Satan ins Wasser, der soll uns nicht scheiden.« »Ei Herr Jesus«, schrie Lene auf, »was macht Er, die hat doch auch Geld gekostet, ist Er nicht recht klug im Kopfe, Er wird schön umgegangen sein mit dem Gelde!« »Nein Lene«, sagte Golno sachte, »dein Geld, das habe ich treulich bewahrt, da hast du es wieder, ich habe eine Färberei in Berlin, und die hat mir kein Geld gekostet; der König hat mir zur Einrichtung alles Geld vorgestreckt.« »Und nun braucht Er mich nicht mehr«, sagte Lene, und nahm das Geld, »ich bin's zufrieden. Wen hat Er sich da mitgebracht, ist das Seine Frau Liebste!« Die Mädchen waren unterdessen weitergegangen, und hatten unsre drei allein gelassen; und Golno sagte: »Lene du machst mich unsinnig, was denkst du von mir, hast du nicht meinen Brief gelesen.« »Ja, wenn ich Geschriebnes lesen könnte«, antwortete Lene, »und Sein Vater hat mir so närrisch Zeug von seines Sohnes Reichtum, und dann von sich selbst erzählt, daß mir der Verstand stillgestanden, Gott weiß was: er sei ein reicher Mann gewesen in Schwaben, und sei kein Wende, und habe während des Krieges einen erstochen, und habe sich mit Frau und Kind hiehergeflüchtet, und da habe ich alle meine Gedanken von Ihm abgezogen, denn Er ist nun ein vornehmer Mann.« »Liebste Lene«, sagte Golno, und rieb sich die Stirn, »der Vater muß auch ein Narr geworden sein, damit du aber alles weißt, ehe ich auch einer werde, so sieh hier deine Stiefschwester Susanna, und dein Vater in Amsterdam schreibt dir diesen Brief, worin du alles finden kannst, wie es mit dir zugegangen, ehe du geboren.« »Ach du mein Heiland«, seufzte Lene, und setzte sich auf einen Stein, »das hat mir wohl geschwant, der ist gar nicht klug geworden!«

So standen beide von einander abgewendet. Susanna faßte endlich ein Herz, und trat zwischen beide, und erzählte alles ruhig und in der Folge, was wir wissen, oder jetzt schon erraten haben. Lene weinte vor Freude, als sie hörte, und sich versicherte, daß sie einen so lieben Vater, und eine so gute Schwester habe, und als ihr diese ihre Liebe zu Golno bekannte, wie sie darum aus Amsterdam gegangen, aber ihm entsagt habe, und nur als eine Magd in seinem Hause leben wollte; da wurde Lenchen böse, und sagte, sie solle ihn nun heiraten, denn von solcher Liebe zu ihm, hätte sie nie was empfunden, sie hätte ihn nur heiraten wollen, um sein Glück zu machen, daß er eine ordentliche fleißige Hausfrau bekäme. Susanna aber fand sich durch das Anerbieten gekränkt, und schwor, daß sie ihm vor der Abreise feierlich entsagt hätte, selbst wenn er sie verlangte, weil sie es sonst sich nicht unterstanden hätte, ihn allein auf der Reise zu begleiten. »Nun mir soll's einerlei sein«, sagte Lenchen, »ob du ihn nimmst; können wir ihn nicht beide heiraten, so mag ich ihn nicht allein haben, wir wollen darüber keine Zeit verlieren. Wir haben wichtigere Sachen zu überlegen, wenn ich meinen Kohl nicht hereinbringe, so kriegt der Herr Wigand nichts zu essen, und da macht er wieder Lärmen.« »Den Herrn Wigand soll ja das heilige Donnerwetter ...« »Fluche Er nicht«, sagte Lene, »Er wird gar zu vornehm, ja wahrhaftig, wir passen nicht mehr zusammen; laß Er mich nur meine Arbeit machen, und geh Er zu Seinem Vater, der wohnt jetzt in der Stadt bei Zieglers, der wird Ihm alles erzählen, wie es mit Ihm steht.«

Nachdem er Susanna ins Wirtshaus gebracht, ging er eilig zu seinem Vater, den Kopf voll Grillen, daß er nun kein Mädchen mehr habe, das ihn nehmen wolle, da er reich und geehrt sei, während er zweie gehabt, als er arm und vergessen. Er fand ihn gemächlich bei seinem Abendessen, wie einen fremden verwandelten Menschen. Der Alte hatte sich von dem Gelde des Sohnes wohleingerichtet, den Brief an Lenchen gelesen, aber nicht abgegeben. Als der Sohn ihm Vorwürfe machte, sagte er ihm ganz stolz, daß er ein Schwabe, und kein Wende sei, also keinen Vorwurf der Geburt trage, und daß er sich mit dem unehelichen Mädchen nicht abgeben solle. »Ei Vater«, sagte Golno, »wißt Ihr denn, daß die Schwaben in Holland und im Reiche gerade so verrufen sind, als hier die Wenden?« »Das wollen wir nicht leiden«, sagte der Vater, »und wollen uns nicht darum kümmern, es soll uns ganz einerlei sein; aber solange ich die Augen auf habe, setze ich einen Fluch darauf, daß du kein uneheliches Mädchen heiratest.« Der Alte war nicht zu beugen. Golno ging in Verzweifelung von ihm; er war noch froh, die Erlaubnis von ihm zu haben, seine Färberei fortzusetzen, denn der Alte hatte sich gewissermaßen zum Adel gerechnet.

Der folgende Tag entschied alles. Lene und Susanna wurden mit einander so vertraulich, daß sich keine von der andern je trennen wollte. Beide wollten dem Golno die Wirtschaft führen, aber keine ihn heiraten, um einander nicht zu kränken; dagegen schlugen sie ihm zur Ehe die jüngere Schwester Charlotte vor, von der Susanna viel erzählt hatte, wie schön sie auf dem Lande geworden sei, die aber Golno nie angesprochen hatte, weil sie ihm gar zu scheu gewesen war. Lene trat an dem Tage mit Bewilligung ihres Herren, aus dem Dienst. Wigand wurde eingesteckt, weil er laut gedroht hatte, Golno, wo er ihn fände, zu ermorden.

Nach wenig Tagen fuhr Golno mit Lene und Susanna nach Berlin zurück, wo die beide Jungfern sein Haus einrichteten. Da hielt Golno noch einmal um Lenens Hand durch einen Prediger an; sie aber sagte, daß sie kein Verlangen zu heiraten habe, seitdem sie an einer Schwester eine Vertraute gefunden; sie wolle nicht ohne innern Beruf, wie sie einst in allem Unternehmen gefühlt, das wichtigste Unternehmen ihres Lebens beginnen. Darauf ließ Golno sie bitten, für ihn bei Susanna zu werben. Sie tat es mit herzlichem guten Willen, und dringender Überredung; aber Susanna antwortete: sie habe empfunden, daß ihre Liebe zu ihm eine Torheit gewesen, die ihrem innersten Herzen fremd sei, er möchte sich hüten, diese Torheit in ihr zu wecken, und möchte ihrem Rate folgen, ihre jüngste Schwester Charlotte zu heiraten, die mit ihrer Sanftmut und Ergebenheit sicher jeden glücklich machen würde, dem sie in christlicher Ehe ihre Hand schenkte.

Golno wollte auf diesen Vorschlag nie hören. Er arbeitete fleißig, war aber in seinem Herzen nie recht froh; er fühlte, daß er nicht geschaffen sei, allein auf der Welt zu leben, und doch wußte er kein Mädchen, das ihm vor allen besonders lieb gewesen wäre, seit der Ernst und die Strenge in dem Betragen der Lene und Susanna gegen ihn, jede Art Vertraulichkeit aus ihrem Umgange ausgelöscht hatte. Zwei Jahre vergingen ihm so in gleichförmiger, freudeloser Tätigkeit.

Oft war es ihm, als möchte er ganz arm wieder in die Fremde gehen, um sein Glück zu versuchen, und er hielt sich nur mit Mühe zurück. Als aber die Frühlingssonne zum drittenmal wiederkehrte, den Schnee verzehrte, und das Grün der Erde wieder hervordrang, und die Knospen der Bäume ihr Herz erschlossen, und die geheime Tinktur alle Welt verwandelte, da ging er einmal in seinem Geschäfte nach Potsdam, denn ungeachtet seines Reichtums brauchte er zu kleinen Reisen selten einen Wagen, sah sich nach den Berliner Türmen um, schüttelte mit dem Kopfe, wischte sich die Augen, und ging mit dem Gedanken weiter, daß er sie nie wiedersehen möchte, so Gott wollte! Sein Entschluß war im Augenblick geboren: er wollte wieder arm, aber frei sein Glück aufsuchen, seine Reichtümer aber aus der Ferne den beiden Jungfern, und seinem Vater zusichern. Er gönnte ihnen alles von Herzen, er hoffte in der Fremde wieder ein Lenchen zu finden, wie jenes, das er als ein armer Bursche in Stettin so herzlich geliebt hatte, und das er jetzt in dem zwangvollen Verhältnisse gar nicht mehr wiedererkannte.

Erhitzt wie er nie gewesen, von diesen Hoffnungen, setzte er sich beim Wege, am Ufer der Havel nieder, wo sie auf ihrem ausgedehnten Spiegel einem mächtigen Strome gleicht, fast wie die Oder bei Stettin, und er meinte, daß er wieder dort wäre, alles was er erlebt, sei nur ein Traum gewesen, und er noch immer in der Betäubung von dem Stoße, den ihm Wigand bei der Rauferei gegen den Baum gegeben, und da glaubte er endlich, zu erwachen, und fand seine Lene bei sich in Tränen, die ihm zuschwur: sie wolle ihn heiraten, sobald er gesund wäre, er möge ein Färber bleiben, oder sich vom Ackerbau nähren, wenn sie ihn als einen Wenden ausstießen; dabei küßte sie ihn zärtlich, schien auf einmal so jung und zart und schön, wie er sie nie gekannt hatte, nur war es ihm lästig, daß sie ihn ohne Rücksicht auf seine schmerzliche Kopfwunde, so heftig auf ihren Knieen schaukelte, daß er zuletzt vor Schmerz aufschrie.

Mit diesem Schmerz und diesem Geschrei, erwachte er aus dem wirklichen Traume, der ihn dort am Wege überfallen. Seine erste Bewegung war nach dem Kopfe; zugleich sah er sich in einem Wagen von zwei Armen sorglich festgehalten. Er wollte aufspringen, aber er konnte sich aus Schwäche nicht bewegen, und seine ersten Worte waren undeutlich. Er sah den Kopf der Lene, aber soviel schöner, als er sie im Traume gesehen, über sich, wie eine Vorsehung, die ihn liebevoll bewachte, und überließ sich ihr im Gefühle seines Glücks, und versank wieder in einen krampfhaften Schlaf, aus dem er erst wieder erwachte, als er in seinem Hause zu Bette, und ihm eine Ader geöffnet worden war. Der Arzt stand neben ihm, und erkundigte sich nach den Umständen seines Übels; aber Golno konnte ihm nichts sagen, als daß er einen Schmerz am Kopfe fühle, wo er einmal bei einer Rauferei vor drei Jahren gegen einen Baumstamm gestoßen. Der Arzt fand die Stelle entzündet, und brauchte die nötigen Mittel, und berichtete ihm auf seine Anfrage, daß er einem Toten ähnlich am Wege nach Potsdam von Vorbeireisenden gesehen, aufgehoben und nach der Stadt gebracht sei. »Ach«, seufzte der Kranke, »so war die schöne Jungfer, die ich gesehen, wohl gar ein Todesengel, der mich in seinen Armen forttrug, ich möchte in alle Ewigkeit bei ihm wohnen, und wie arm ist diese Welt!« Der Arzt wußte nicht, was er meinte. Es trat das fremde Mädchen hervor, er sah sie, rief: »Ach willkommen du mein Todesengel!« und versank wieder in einen krankhaften Schlaf, in welchem er häufig phantasierte, und mehrmals ausrief, als er die Fremde zwischen Lene und Susanna stehen sah: »Haltet den Todesengel nicht zurück, er will zu mir!«

Nach acht Tagen hatte sich die Entzündung seines Kopfes sehr vermindert. Die Fremde hatte sich bis dahin gehütet, vor ihm zu erscheinen, und als sie es endlich wagte, an sein Bette zu treten, nannte er sie wieder mit großer Freude seinen Todesengel, und fragte Susanna, ob sie ihn auch an seinem Bette sehen könne. Susanna weinte, und fragte ihn, warum er ihre Schwester Charlotte so erschrecke, die mit ganzer Seele für sein Leben bete, und ihn so liebreich der Stadt zurückgebracht habe. Lene trat zu ihm, und fragte ihn, ob er es denn bis zu diesem Augenblicke nicht vernommen, was sie ihm während der Krankheit mehrmals erzählt habe: wie sie von einer Ahndung getrieben, diese liebe jüngste Halbschwester heimlich vom Vater abgefordert habe, sie zu sehen, und ihn durch ihre liebreiche Jugend zu trösten. Golno schüttelte mit dem Kopfe, er konnte nicht begreifen in seiner Schwäche, daß die kleine Charlotte in der kurzen Zeit sich so verändert habe, aus einem schlanken Kinde, ein schönes volles Mädchen geworden sei; er schien sich zu schämen, daß dieses Wiedersehen, ihr so viel Mühe und Not gemacht, und dazwischen spielte immer wieder der Gedanke des Todesengels, wie ein Traum, der ihn allmählich wieder in den Schlaf überführte, sowie umgekehrt bei Gesunden der Schlaf zum Traume geleitet.

Acht Tage später hatte seine kräftige Natur, vielleicht auch der Arzt, das Übel so weit überwunden, daß kein Zwang der Gedanken seine Seele mehr bewegte. Da saß er schon auf und betete: »Gott Vater, der du mich, um den Vorwurf, den meine Traurigkeit deiner Güte machte, als ich deiner Gnade zu entfliehen strebte, unter die Gewalt meines zerbrechlichen

Leibes gabst, und mein Zutrauen zu mir durch unüberwindliche Furcht zum Bewußtsein der Abhängigkeit von dir brachtest, gib meinem Herzen Licht, sende ihm dein Wort und deinen Rat!«

Und als er so gebetet, trat Lene mit einer Bibel in das Zimmer, aus der sie ihm täglich etwas vorzulesen pflegte, schlug zufällig auf, wie sie gewohnt war, weil sie eine gewisse Bedeutung in den Gaben des Zufalls bei frommer Gesinnung voraussetzte, und las das dreißigste Kapitel des ersten Buch Moses: »Da Rahel sahe, daß sie dem Jakob nichts gebar, neidete sie ihre Schwester, und sprach zu Jakob: Schaffe mir Kinder, wo nicht, so sterbe ich. Jakob aber ward sehr zornig auf Rahel, und sprach: Bin ich doch nicht Gott, der dir deines Leibes Frucht nicht geben will. Sie aber sprach: Siehe, da ist meine Magd Bilha, lege dich zu ihr, daß sie auf meinem Schoß gebäre, und ich doch durch sie erbauet werde. Und sie gab ihm also Bilha, ihre Magd zum Weibe, und Jakob legte sich zu ihr.«

Indem sie diese Worte gelesen, und auf Golno achtete, der mit einem gewissen Ernst sich aufrichtete, trat Charlotte voll Freude mit einem schönen Diamantringe herein, den ihm der König als Belohnung für sein Fabrikunternehmen, vielleicht auch zu seiner Ermunterung in der Krankheit durch seinen Kämmerer hatte abgeben lassen. Golno vergaß ihn, indem er mit unbeschreiblicher Freude, wie andre Genesende einen blühenden Garten, oder eine reife Frucht, so er das sanfte Angesicht Charlottens ansah, dann nahm er einen von Charlottens Fingern, steckte den Ring darauf, und sprach: »Dir dank ich mein Leben, du bist mein Lebensengel gewesen, nimm den Ring zu meinem Gedenken, er ist mir das Liebste, was ich dir geben kann!« Bei dem Worte fiel ihm Charlotte mit Tränen um den Hals, und Lene las in der Bibel weiter: »Also ward Bilha schwanger, und gebar Jakob einen Sohn. Da sprach Rahel: Gott hat meine Sache gerichtet, und meine Stimme erhöret, und mir einen Sohn gegeben.« »Ist es Gottes Wille, daß wir uns heiraten sollen«, sagte Golno, und Charlotte wollte eben antworten, als die Nähe eines Vierten, dessen Eintritt sie nicht gehört hatten, sie erschreckte, der in diesem Augenblick die Hand Golnos und Charlottens zusammendrückte, und ausrief: »Gott segne euren Bund, Kinder, mich müßt ihr aber zur Hochzeit einladen!«

Golno fuhr auf, er wollte die Hand zurückziehen, aber der Fremde, den er gleich an der Stimme, als seinen König erkannt hatte, hielt sie grimmig fest; er wollte ihm den Rock küssen. Der König litt es nicht, und sprach: »Es ist alles richtig, in sechs Wochen nach der Musterung ist Hochzeit; Er ist ein braver Mann, Er ist mir mehr wert als mancher Edelmann; setz Er sich, Er wird noch schwach sein, es ist mir lieb, daß Er wieder gesund, Seine Fabrik hätte sonst doch der Teufel geholt; setz Er sich, laß Er holländische Pfeifen bringen, meine Generale kommen schon die Treppe hinauf, wollen heute bei Ihm unser Tabakskollegium halten; zum Teufel setz Er sich, ich habe allerlei mit Ihm zu sprechen.«

Lene und Charlotte eilten, Stühle und Tische zu ordnen. Golno aber gebot ihnen ein Torffeuer in seiner holländischen mit Fliesen ausgelegten Staatsküche anzuzünden, und dort Pfeifen und Knaster bereit zu legen. Der König nickte dazu, und sagte: »Wer in Holland gewesen, ist doch gleich ein rechter Kerl, der weiß um sich, und alles hat bei ihm seine rechte Stelle.«

Der König führte nun den Färber, während dieser den Weg zeigte, ungeduldig in seinem Herzen, und doch zu hochachtungsvoll gegen seinen König, um hinauszugehen, sich mit Charlotten zu beraten, ob ihr Wille nicht widersprochen, als der König sie verlobt, um Lene und Susanne auf ihr Gewissen zu fragen, ob sie in ihrem Herzen diese Heirat billigen könnten, ungeachtet sie ihm unzählig oft dazu geraten hatten. Alle drei Jungfern durften aber wegen der allmählich einmarschierenden Offiziere nicht mehr erscheinen, sondern sendeten Bier, Pfeifen und Knaster durch einen Lehrjungen; so fehlte auch der Trost, ihre Meinung in ihren Augen zu lesen, dem armen Golno, der von dem Könige, der alle Seidenwürmer seinem Gundling geschenkt hatte, gequält wurde, eine Seidenfabrik anzulegen, wovon er doch gar nichts verstand. Der arme Gequälte! Kaum sind einem anderen, Jahre am Hofe verlebt, so lästig gewesen, als Golno diese wenige Stunden. Es war schon Abend, als der König mit seinem Gefolge sich entfernte. Golno ging in sein Zimmer, ängstlicher über seine Zukunft, als er je gewesen, denn es war die erste Krankheit, mit der er gerungen, und die sein Bewußtsein mehrmals überwunden hatte. Aus der Hellung in das Dunkel tretend, war er vollkommen geblendet; er bemerkte es nicht, wie nahe die drei Schwestern ihm standen, wie sie ihn alle drei umfaßten und küßten; doch wenige Augenblicke, in denen kein Wort gesprochen wurde, genügten ihm zur Überzeugung, daß sein Glück fest begründet sei in drei treuen Herzen.

Susanna sprach zuerst, was sie nähen und sticken wolle, zur Ausstattung. Lene stimmte darin ein, und Golno rief in sich ganz verwundert: »Aber sage mir Charlotte, wie habe ich dich so ganz übersehen können in Amsterdam, da ich jetzt kein Auge, als für dich habe, hast du meiner damals eben so wenig geachtet?« »Nein Golno«, sagte sie, »ich kann dir die Scham nicht sagen, die ich immer bei deinem Anblick gefühlt, welche Not habe ich gehabt, mich zu verbergen, und welche Traurigkeit.« »Ich habe dir nie davon sagen mögen«, sprach Susanna, »aber eigentlich ist sie wohl die Ursach gewesen, daß meine Zuneigung zu dir, mich damals so töricht machte. Ich hatte durch mein Alter scheinbar ein näheres Recht zu dir, und glaubte auch vollkommen recht zu haben, meiner Torheit den Willen zu lassen, weil du schon in dem Kinde solche Liebe hervorgezaubert hattest, das bis dahin nur an Kleider und Spielzeug dachte. Auch wurde Charlotte durch diesen Kampf mit vorzeitiger Liebe so hinfällig, so verwirrt, daß sie sich ganz vergaß, und der Vater besorgte, sie möchte den Verstand verlieren, darum schickte er sie nach der Kostschule.« »Es war eine wunderliche Zeit«, sagte Charlotte, »ich wuchs so schnell, daß keins meiner Kleider mehr passen wollte, und so ging's auch meinen Gedanken; ich wußte mich nicht zu lassen, und es war ein Glück für mich, daß ich in der Kostschule mehr Freiheit bekam, mich in freier Luft herumzutreiben, und nach meinem Gefallen zu denken an dich und an nichts. In solchen Gedanken wuchs ich immer mehr heran, und ging einstmals vom Hause fort, und kam bis an den Wald, und stand da vor einer Höhle, die recht reinlich mit Holz ausgesetzt war, trat einige Stufen hinunter, und fand eine Rasenbank, worauf ich mich zur Kühlung legte. Da sah ich neben mir ein Loch, wie Maulwürfe sie zu graben pflegen, aus welchem mir allerlei Stimmen schallten, so daß ich neugierig mein Ohr anlegte, wo ich deutlich vernehmen konnte, daß da unten eine Menge Wesen zusammensaßen, und sich besprachen; doch konnte ich so aus der Art, wie sie auftraten, schließen, daß sie wie Menschen ungefähr geformt sein mochten. Der eine sagte, er schleiche mir immer nach, er habe seinen Spaß an mir, weil ich gar nicht wüßte, was ich in Gedanken täte; doch neulich im Garten, als er unter mir gegraben, hätte ich zufällig einen spitzen Blumenstock in die Erde getrieben, und ihm die Backe aufgerissen. Ein andrer sagte, ich sei so vergessen, daß er ganz dreist oft neben mir gestanden, und mir allerlei wunderliche Gedanken gemacht habe, indem er meine Haare auf seine Harfe gezogen, und darauf gespielt habe. Ein dritter sagte, die Freude würde nun bald aus sein, denn es wäre Nachricht gekommen von dir Golno, daß ich zu dir kommen möchte, weil ich dich heiraten sollte, das wollten die Schwestern. Als ich das gehört, fiel mir, wie ein abgestorbnes Moos von meiner Seele, worunter sie sich dumpf zu decken gemeint hatte, während die Insekten an ihrer gesunden Rinde nagten. Ich hörte noch, daß der eine auf den Tisch schlug, und schrie: ›So will ich dem Golno ein Gift aus der Erde dampfen, daß sie ihn für tot wiedersehen soll!‹ Das Wort erschreckte mich, und ich stand auf, merkte mir die Gegend genau, machte ein Kreuz an einem Baum, und ging eilig nach Hause, wo die Predigerin, welche die Kostschule unternommen hatte, wegen meines Ausbleibens sehr besorgt war, mich ausfragte, und als ich ihr alles erzählt hatte, kaltblütig sagte, das wären die Unterirdischen, die man in Bergwerken schon oft belauert habe. Sie tat mir gern den Gefallen, am andern Tage mit mir bis zu dem Walde zu gehen. Ich erkannte gleich den Baum, an welchem aber auf recht merkwürdige Art das Kreuz mit Totenwürmern besetzt war, und gleichsam rot angestrichen schien. Wir kamen an die Höhle, und die Predigerin sagte, daß sie dem Feldwächter gehöre. Die Bank fand sich unverändert, aber das Maulwurfsloch war nicht zu sehen, und an der Stelle, wo ich es gewiß am vorigen Tage gesehen, war ein großer Pilz gewachsen, den die Predigerin an seinen bunten Farben für sehr giftig erkannte. Nun denk dir Golno, als ich nach drei Monaten zu dir reiste, wenn ich mir dachte, ich würde dich tot finden, und darum immer ängstlich umhersah, als ich dich nun wirklich wie einen Toten am Wege liegen sah!« »Aber du hast mich doch nicht gleich erkannt?« fragte Golno. »Freilich, sogleich«, antwortete Charlotte, »denn ich weiß nicht warum, aber es schwebte mir immer vor, ich müßte dich am Wege finden, und erkannte dich schon aus einer großen Entfernung, weil ich lange schon jeden, der uns entgegenkam, für dich angesehen hatte.« »Wie verdiene ich so viel Gnade«, seufzte Golno, »denkt, daß ich aus Gram, weil ich so einsam lebte wider Gottes Gebot, und euch zu gleicher Einsamkeit veranlaßte, allen Gaben des Himmels entlaufen wollte, und wieder in der Armut meine Zufriedenheit suchen, als mich die Krankheit anwandelte. Ich bin jetzt zuverlässig; wo ich ein Unrecht vorhabe, wird mich dieser alte Schaden an meinem Kopfe warnen. O hätte jeder solchen warnenden Schmerz, und wie verdiene ich dies Glück.« Lene sagte hier in dem Tone, wie sie sonst mit ihm zu sprechen gewohnt war, als er noch unter ihrer Zucht und Anleitung in Stettin arbeitete: »Darum verdient Er das Glück, weil Er sich vom Glücke nicht verführen läßt, sondern bleibt, wie Er ist, weil Er das Glück ehrt, und dankbar ist, aber sich selber, und Sein gutes Gewissen und

Seinen Fleiß, das, was Er schafft und verdient, noch höher achtet. Ihm wird es nie fehlen in der Welt, und nicht Ihm, sondern Seinen künftigen Kindern will ich an dem heutigen Verlobungstage dies Glücksgeld verehren, das in treuen Händen dauert, aber in lästerlicher Hand wie Wasser vergeht.« Susanna pries Charlotten um die schöne Gabe glücklich; sie besah die Harzgulden und den heiligen Andreas drauf, der Männer beschert, und bedauerte, daß sie ihr nichts von gleichem Werte geben könne, doch habe sie heimlich in einem großen Tuche mit Glaskorallen, die Geschichte Golnos, in vierundzwanzig kleinen Bildchen aufgezogen, die sie als Taufdecke auf Kinder und Kindeskinder vererben könnte zum Andenken der Begebenheiten, die ihren Reichtum begründet hätten. Golno staunte über die feine Arbeit, und lächelte, wie er sich selbst so oft wiedersah. Charlotte dankte beiden zärtlich, sagte aber kindlich: »Es ist unrecht, daß ihr so viel an meine Kinder gedacht habt, da ich selbst noch ein Kind bin, womit soll ich spielen?« –»Mit mir«, sagte Golno, »denn ich werde mit dir zum Kinde, und kenne mich selbst nicht mehr.« »Werde Er kein Narr!« sagte Lene.

Dies war das Vorspiel der Hochzeit, die vier Wochen später mit großer Pracht gefeiert wurde.

Der künftige Schwiegervater, Prediger Hille, war ein paar Tage vorher von Amsterdam angekommen, hatte Geschenke ohne Zahl von Mutter und Großmutter mitgebracht, die nur darin bei der Hochzeit recht gegenwärtig sein konnten, weil ihre genaue Lebensgewohnheit sie von jeder Reise abhielt. Der arme Mann war bis zu dem Augenblicke, wo er Lene wiedergesehen, ihr alles auseinandergesetzt hatte, einem armen Sünder ähnlich, der seine kurze Galgenfrist nicht zu genießen wagt. Lene aber, die feste und verständige Seele, beruhigte ihn bald, indem sie ihm recht einleuchtend vorstellte, daß seine Absicht, ihr die Rechte eines ehelichen Kindes zuzusichern, hier eher schädlich werden könnte, wo niemand, als treue Verwandte von ihrer unehelichen Geburt unterrichtet wären, wogegen ihn ein solches Geständnis vielleicht auf immer aus dem nützlichen Kreise seiner geistlichen Tätigkeit in Holland verbannen möchte, nachdem er selbst dieses Versehen seiner Jugend schon zu lange gebüßt habe. Als er ihr einwarf, daß es seiner Vaterliebe unmöglich sei, sie als eine Fremde zu behandeln, da machte sie ihm den Vorschlag, er solle sie für die Tochter seines verstorbenen Bruders ausgeben, jede zärtliche Entschädigung in ihrer Tochterliebe könnte sie ihm als seine Nichte zuwenden. Der Prediger fühlte sich beruhigt.

Lene hatte eine Übermacht der Verständigkeit und des Charakters ohne Hochmut, woran sich jeder Zweifelnde mit Zutrauen stützte. Der Vater küßte sie, und händigte ihr ein bedeutendes Kapital in sicheren holländischen Papieren, als Erbteil ein. Lene dankte und fragte ihn, ob sie einen freien Gebrauch davon machen könne? Der Vater bewilligte es gern, und Lene bat ihn um Erlaubnis ein Findelhaus zu stiften, dem sie selbst aus Dank gegen die Vorsehung, die sie in ihrer frühesten unvermögenden Zeit gleichfalls als ein Findelkind erhalten habe, vorstehen wolle. Der Prediger erfreute sich der Frömmigkeit seiner Tochter, und stand ihr mit seinem Rate zur Beendigung des Planes bei, den sie zwar schon lange mit Susanna abgesprochen hatte, der aber noch nicht bis zur Berechnung der Kosten gelangt war, worin meist das Haupthindernis guter Herzen zu suchen ist. Susanna wurde als Miterfinderin gerufen, und entzückte sich lebhaft, daß der Vater den Plan billige und unterstütze; sie fiel ihm zu Füßen, und bat ihn, ihr Erbteil ebenfalls zu diesem christlichen Unternehmen anzuwenden, da sie fest entschlossen sei, nie zu heiraten, und sich nie von ihrer Lene zu trennen, durch deren Weisheit sie erst zu einer wahren Frömmigkeit gelangt sei. Der Vater wollte ihr erst den Entschluß des Nichtheiratens ausreden, doch mußte er endlich ihren Bitten nachgeben, den Plan in Verhältnis zum Vermögen beider ausführen, und ihn am Vermählungstage dem Schwiegersohne zur Genehmigung vorlegen. Golno, der jetzt wieder ganz genesen und derb wie ein Handwerker in die Welt sah, konnte doch nicht ohne Rührung dieses letzte Glück begrüßen, zwei Mädchen, welche ein wunderliches Liebesverhältnis zu ihm vom Glücke des ehelichen Lebens zurückhielt, durch eine würdige, der Welt nötige, heilbringende Beschäftigung befriedigt, und gänzlich mit ihrem Schicksale ausgesöhnt zu finden. Mit Freuden unterschrieb er eine ansehnliche jährliche Beisteuer, und machte sich auch anheischig, wenn eine der beiden Stifterinnen ihren Entschluß des ehelosen Lebens aufgebe, ihr das in die Anstalt verwendete Kapital auszuzahlen.

Diese Verhandlung war kaum geendigt, so fuhr der König vor, er bestätigte die Stiftung, und schenkte ihr ein angemessenes Haus in Cölln an der Spree. Die Trauung wurde durch den Vater der Braut sehr rührend vollzogen. Das jungfräuliche Krönchen auf dem glatten Haare der Braut, machte sie einer Fürstin ähnlich, und Golno sah so fest in die Welt, als ob sie ihm gehörte.

Nur sein Vater, der sich auch eingefunden, war mit seinem einfachen schwarzen Kleide nicht zufrieden. Er behauptete, ein Herr von Goldenau müsse sich auch in Gold kleiden, doch beschwichtete ihn der Sohn, ehe diese vornehme Geburt noch jemand gehört hatte, indem er ihm versicherte, daß das Handwerk einen goldnen Boden habe, und eine goldne Au verdienen könne, während der Edelmann sein Gold meist als Tresse abriebe. Er möchte nur den Herren von Gundling ansehen, den der König, sowie dessen Gegner Faßmann mitgebracht hatte, wie unglückselig der gelehrte Mann durch den Freiherrenstand geworden, zu welchem er nicht auferzogen. Der alte Golno sah nun mit Staunen, was sich die Leute mit diesem armen Teufel erlaubten, dem als Oberzeremonienmeister ein lächerlicher roter Rock mit schwarzen Aufschlägen angezogen war, der unter einer weißen Ziegenperücke schwitzte, die an beiden Seiten des Kopfes dick herabhing. Weil ihm Faßmann den Kammerherrnschlüssel gestohlen, so trug er zur Strafe einen ellenlangen hölzernen verguldeten Schlüssel. Während der Tafel wurde ein natürlicher Sohn von ihm angemeldet. Der Prediger Hille wurde vom Namen schon rot; wie staunten aber alle, wie fluchte Gundling, als ein Affe am Stocke hereintrat, ganz wie er gekleidet, mit ähnlicher Perücke und Schlüssel. Gundling hätte die Bestie ermorden mögen, doch half es bei der Ungnade des Königs nicht, er mußte ihn als seinen Sohn anerkennen und den kleinen lebhaften Mann küssen. Nachher wurde er betrunken gemacht, und nach Hause geschleift; alle waren mit ihm beschäftigt, und so konnte Golno ungestört seine junge Frau anschauen.

Als der König aufstand, versicherte er, daß bei seinen Schlingels von Köchen, er nie so gut gegessen hätte, und als Golno ihm sagte, daß dieselben Mundköche Seiner Majestät bei ihm das Mahl bereitet hätten, ließ er sie kommen, und hielt ihnen ihre alltägliche Ungeschicklichkeit vor. Die guten Leute antworteten aber dreist: Wenn Seine Majestät alles hergeben wollte, was dazu gehörte, wie der Herr Färber, so wollten sie ihm alle Tage eben so gut kochen. Darauf ließ er sich das alles aufzählen, aber schon bei der Hälfte warf er sie zur Tür hinaus, und sagte ihnen, sie sollten ihm mit so etwas nicht kommen.

Als der König fortgegangen, (es war ein Mittagessen), gab Golno alle Speisen den Armen preis, die draußen versammelt waren, ließ seine Nachbarn und Freunde und

Gesellen mit Hausmannskost zum Abend bewirten, und sagte, daß er bei den vornehmen Gerichten fast verhungert wäre. Der alte Golno zog sich aber auf sein Zimmer zurück. Nachdem er dreißig Jahre, als ein armer Tagelöhner in einer Hütte gelebt, waren ihm doch mit den ersten Strahlen des Glücks, alle Mücken aufgewacht, die ihm in früherer Zeit in den Kopf gesetzt waren, und die ehrlichen Leute schienen ihm alle zu schlecht: So wahr ist's, daß etwas Daurendes nur durch Erziehung begründet ist, und daß jede Weltänderung, die keine *innere* Beziehung (was von äußeren Erziehungsvorschriften und Systemen ganz verschieden) zur Erziehung hat, wie ein Wolkenschatten vorübergeht.

Als diese zweite vertrauliche Gesellschaft so beisammen war, hätte sich das Sprichwort leicht wieder bewähren können, »wo einer verheiratet wird, werden zweie versprochen.« Zwei brave junge Leute ließen um Lene und Susanna anhalten, beide lehnten aber den Antrag mit der Versicherung ab, daß sie nie heiraten würden, um ihrem Findelhause mit ganzer Seele und aller Liebe vorzustehen. Zwar verwunderte dieser Entschluß, aber er hatte doch die gute Wirkung, die Stiftungssumme durch einige bedeutende Beiträge zu vermehren. Es entstand ein recht ernstliches Gespräch über die Pflicht, die evangelische Fürsten auf sich genommen, indem sie die Klöster eingezogen, wenigstens die äußeren Zwecke derselben, Erziehung, Krankenpflege und Gelahrtheit auf andern Wegen öffentlich zu begründen, und wie wenige das täten, als der Herr von Gundling, der Vorsteher der Akademie, weinend ins Zimmer trat. Es war ein schrecklicher Anblick, die Gelehrsamkeit von ihm dargestellt zu sehen. Er berichtete, daß ihm der König sein Zimmer habe zumauern lassen, und da habe er sich wohl eine Stunde müssen anstellen, als ob er die Türe suche, ungeachtet er es gleich gemerkt, bloß weil der König zugesehen, und sich belustigt habe. Golno fragte ihn, ob er denn schon sein Räuschchen verschlafen? Der arme Mann setzte seine Seele zum Pfande, er sei so nüchtern gewesen, wie ein neugebornes Kind, um aber nicht von den Hofleuten mit Zutrinken umgebracht zu werden, habe er sich so anstellen müssen, und jetzt sei er gekommen, Golno als Freund die Seidenfabrik abzuraten, und ihm bei einem Glase Wein die Not zu erzählen, die er mit den Seidenwürmern ausstehe. Alle bedauerten ihn, und er sagte: »Ach was beneide ich euch ihr guten Leute, die ihr in eurer Jugend durch ein paar saure Lehrjahre zu einer Handarbeit tüchtig gemacht seid. Ich habe so viele Jahre vom frühen Morgen, bis in die späte Nacht unter Büchern verstudiert, um endlich ein so saures Stück Brot, wie mir beim Könige als Hofnarr gereicht wird, zu verdienen. Lieben Leute, was hilft es mir, daß sich mancher arme Notleidende an mich wendet, und daß ich ihm helfen kann; wer kann mir helfen, wenn das rohe Hofvolk mir bald einen Bären auf den Leib hetzt, der mich erdrückt, bald ein wildes Schwein, das mir mein Fleisch aufreißt, und wenn ich jetzt sogar alle Seidenwürmer im Lande hegen und hüten soll.« »Zum Teufel«, sagte Golno, »da wollte ich lieber mein Brot betteln!« »Das ist leicht gesagt«, meinte Gundling, »ich bin einmal entlaufen, da haben sie mich mit Landreitern zurückgeholt, und ich mußte froh sein, daß ich nicht, wie der ehrliche Eisenbläser, einem Wachtmeister unter die Fuchtel gegeben worden.« »Soll ich mich wie der Eisenbläser aus Verzweifelung aufhängen?« fragte er nach einer Pause. »Gott behüte mein Herr Kammerherr«, versetzte der Prediger, »Geduld frißt den Teufel.« »Geduld bricht Rosen!« sagte Golno, und schlich sich unter dem Jubel der Versammlung mit Charlotten fort. »Das größte Glück ist Geduld«, sagte Gundling, »und hätte ich Glück, so sollte mir Geduld nicht fehlen, da mir aber Glück und Geduld fehlt, so schenkt ein; ein jeder für sich, Gott für uns alle, er verbietet den Bäumen, daß sie nicht in den Himmel hinein wachsen, und so hoch ein Vogel fliegt, er muß doch einen Ast haben, wo er sein Nest baut: Aufs Wohlergehn der jungen Eheleute, das Lebehoch!« Die Singeuhr auf dem Turme der Parochialkirche ließ jetzt, wo die zehnte Stunde ausgeschlagen hatte, ihr Lied: »Allein Gott in der Höh sei Ehr«, wie eine weidende Herde auf dem Blau des Himmels mit ihren hellen Glocken weit durch die stille Luft klingen, und alle horchten, als wäre es zum ersten Male, so einfach war die Zeit, so genügsam mit wenigem in der Zuversicht des unendlich Vielen, was kein Mund ausspricht.

Am Morgen, als Golno früher aufgestanden war, sein Haus zum Empfange der am zweiten und dritten Tage wiederkehrenden Gäste bereit zu machen, fand er Gundling im Speisezimmer auf einem Polsterstuhle schlafend, oder vielmehr im Erwachen. Gundling bot ihm einen guten Morgen, erzählte, daß er sehr tief geschlafen und viel geträumt habe, dann bat er ihn, nach der Besorgung seiner notwendigen Geschäfte, mit ihm in das Laboratorium seiner Färberei zu gehen, er habe ihm etwas zu vertrauen, er müsse ihm etwas offenbaren, wie es ihm im Schlafe geboten sei. Golno wurde doch neugierig, wie der sonderbare Mann so ernstlich redete, beeilte seine Geschäfte und führte Gundling, dessen Wunsche gemäß in sein Laboratorium. Gundling verschloß die Türe, und fragte Golno: ob er die Rotationen des roten Löwen und des philosophischen Adam ganz kenne. Golno sah ihn verwundert an, und wußte nicht, was er daraus machen sollte. »Auch nichts vom Alkahest?« fragte Gundling noch mehr verwundert, »vielleicht wollt Ihr mir nicht eingestehen, daß Ihr Gold macht, aber faßt Zutrauen, wenn ich Euch sage, daß ich ein Fläschchen besitze und in der Tasche trage, worin eine so starke Tinktur, um wenigstens dreißig Millionen Pfund Silber in Gold zu verwandeln.« Golno hatte oft schon vom Goldmachen gehört, und glaubte daran, wie seine Zeit, aber so nahe war ihm diese Wunderweisheit nie gekommen; er hielt es für eine Morgengabe, daß er diese Seltsamkeit anstaunen sollte. Nun sagte er aufrichtig zu Gundling, daß er Zweifel in seine Kunst setze, warum er sich über ein sauer erworbnes Brot beklagen würde, wenn er so viele Millionen in seiner Tasche trüge. »Lieber Freund«, sagte Gundling, »meine Narrenkappe schützt meinen Kopf besser, als der stärkste Helm, erführe es ein regierender Fürst, daß ich Adept bin, er würde mich zwingen, für ihn zu arbeiten, was ich doch nach der innern Natur unsrer Kunst nicht darf. Ich kann nur denen von der mühsam erarbeiteten Tinktur geben, die selbst dazu gelangen könnten, wie Ihr Golno, wenn Ihr nicht wirklich schon nach dem Gerede der Stadt Euren Reichtum dem Goldmachen dankt.« »Nein, so wahr Christus lebt«, sagte Golno, »ich habe nie versucht Gold zu machen, wäre aber herzlich neugierig, einen Versuch der Art zu sehen.« »Dazu kann schnell Rat werden«, sagte Gundling, »schafft mir Silber, aber feines Silber; Euer Feuer brennt eben, und Tiegel stehen hier auch bereit, es wird Euch doch merkwürdig bleiben, so etwas angesehen zu haben. Glückt's mir nicht, soersteche ich mich mit diesem meinem Messer.« Er legte das Messer auf den Tisch.

Golno glühte aus Neugierde, er lief in sein Zimmer, da war aber kein andres feines Silber, als neue Leuchter und Salzmästen, die zur Hochzeit angeschafft worden. Die taten ihm leid, so etwas wurde damals als ein Kunstwerk geachtet und vererbt, er suchte im Zimmer umher, in dem Kasten nach ein paar Hemdknöpfen, und traf auf die hundert Harzgulden, die nach der Versicherung seiner Lene, fein Silber sein sollten: Wie freute er sich, diesen Schatz seines künftigen Kindes am Tage seiner Verheiratung vervielfachen zu können, wie sollte sich dieses Kapital bis zu ihrer Volljährigkeit durch Zinsen vermehren! Er lief mit dem Beutel in großer Hast nach dem Laboratorium, und gab der Lene, die ihn unterweges mit Glückwünschen aufhalten wollte, nur flüchtige Antwort.

Gundling hatte unterdessen schon alles bereitet, das Feuer brannte, der Tiegel glühte. Als er die Harzgulden betrachtete, und über einen schwarzen Stein strich, den er im Ringe trug, verwunderte er sich, und sagte, es sei kein natürliches Silber, denn das könne nimmermehr so verfeinert werden, um so herrlicher sei es aber zu seinem Versuche, bei diesen Worten warf er sie in den Tiegel. Jetzt zog er aus einem Gürtel unter seinem Hemde ein kleines, geschliffnes Fläschchen mit eingeriebenem Stöpsel, hielt es gegen das Licht, und sagte, da sei ein Reichtum, um gegen die ganze Welt Krieg zu führen, darum dürfe es in keine Hand, die nicht bezeichnet sei. Er öffnete den Stöpsel, fuhr mit einem hölzernen Zahnstocher hinein und führte den Zahnstocher rötlich gefärbt hinaus: »Seht her, Golno, das ist die Tinktur, die höchste Färberei!« Das meiste von diesem Pulver wischte er noch an dem Eingange des Glases ab, und warf dann den Zahnstecher, der kaum ein wenig rötlich schien, in den Tiegel. Bald entstand ein mächtiges Prasseln in dem Tiegel, als wenn sich etwas gänzlich auflöste, und Gundling sagte, es sei zu viel gewesen, in den Schlacken würde sich die hinlängliche Tinktur zur Tingierung des Doppelten finden. Nach kurzer Zeit goß er den Tiegel aus, und bat Golno ein einzelnes Korn zum Nachbar, dem Goldschmiede Steffen zu bringen.

Das tat Golno in aller Eile, sagte dem Goldschmiede, er hätte rohes ostindisches Gold aus Holland mitgebracht, er möchte ihm sagen, ob es fein sei. Der Goldschmied versicherte, er habe nie so feines bearbeitet, und Golno brachte mit einem mächtigen Staunen diese Nachricht seinem Adepten. Gundling lächelte dazu, und sprach: »Ich liebe Euch, und möchte auch wieder arbeiten, darum sagt mir keinen Dank, wenn ich Euch dieses Fläschchen als Morgengabe bei Eurer Hochzeit verehre. Ihr habt mich für einen Narren gehalten, und doch bedauert, denkt an mich, braucht's, aber dankt mir nicht, Ihr seht mich sobald nicht wieder.«

Bei diesen Worten verließ er den staunenden Färber in großer Eile, der gar nichts zu sagen vermochte, weil alles Glück, was er in der Welt gefunden, alles, was seine Arbeit erschwungen, wie ein Tropfen gegen diesen Glücksstrom verschwand.

In dieser Verwirrung fand ihn Lene. Sie sah das Gold da liegen, fand noch an einem Stücke das Gepräge der Harzgulden, und fragte traurig: Wie er den Schatz seines Kindes verwaltet, wie er mit der Gabe der himmlischen Mutter gewirtschaftet habe. Er konnte nicht lügen, und erzählte ihr den staunenswerten Vorgang, wie ein Nachtwandler, dem ein Gespenst in den Weg getreten. Königreiche wollte er kaufen, seine Kinder sollten regieren, alles war aufgeregt in dem einen Menschen, was das Geld in ganzen Nationen an unseligen Begierden verderbt hat.

Und was tat Lene dabei? Mit ihrem gewohnten Ernst, wie sie ihn einst als Lehrburschen zum Guten ermahnt hatte, sah sie ihn an, und sprach ihr Gewohntes: »Golno, werde Er kein Narr!« Und ohne ein Wort weiter zu sagen, nahm sie das Fläschchen, das Golno, wie die Israeliten das goldne Kalb mit gefalteten Händen anzubeten schien, und warf es durch das offene Fenster in die vorbeifließende Spree. Golnos Gesicht verzog sich wild, seine Hand ergriff ohne Bewußtsein ein Messer, das Gundling auf dem Tische hatte liegen lassen; ob er es gegen sich, oder gegen Lene gerichtet, er wußte es nicht, aber die Klinge fiel aus dem Messer zur Erde, er fühlte am Kopfe einen heftigen Schmerz, er knieete nieder vor Lene, dankte ihr die Rettung seiner Seele, und flehete sie an, auch das künstliche verführerische Gold in den Fluß zu werfen. »Nein«, sagte Lene ernst, doch ohne Strenge, »danke Er nicht mir, danke Er Gott, und bewahre Er das Gold, aber brauche Er es nicht, und laß Er es Seine Kinder mit der Warnung bewahren, *daß der Mensch in seinem höchsten irdischen Glücke sich selbst am wenigsten vertrauen darf, sondern am meisten zu Gott beten muß, daß er die irdische Gewalt unter seinen Willen bändige.*«

»Laßt ihr mich in meinem Glücke so allein«, sagte Charlotte, die mit Susanna eintrat, und Golno und Lene umarmten sie, und alles war in dem unerschöpflichen Glücke der Liebe vergeben und vergessen.

Fußnoten

1 Manchen Lesern, die sich des H. Kan nit verstan aus einigen älteren Anekdotenbüchern erinnern, wird es lieb sein, hier die eigentlich und wahre Geschichte zu lesen, wie sie sich zugetragen hat. Vor den guten Erzählern kann jetzt niemand seine eigne Geschichte unverändert behalten.